ラグリマが聞こえる

ギターよひびけ、ヒロシマの空に

ささぐちともこ 著
くまおり純 絵

汐文社

広島に　一本の被爆（ひばく）ギターがあります
ほんとうに　ここに　あるのです
そして　このお話が生まれました

わたしの名は、美音。

この名前の意味を、パパはいつも話してくれた。

「ミオンが、ママのお腹にいるときにね、『美しい音を奏でる人になるように』と願いをこめて、おじいちゃんが名付けてくれたんだよ」

わたしは、そのおじいちゃんに会ったことがない。

1

「ミオン、どこ行くの？」

大きな声で呼ばれて振り向くと、チェロのケースを背負った奏君が、通りのむこう側で手を振っている。

「奏君。今からチェロのレッスン？」

「うん、電車に乗って、街まで行く。ミオンは？」

「わたしは、文房具屋さん。算数のノートがなくなっちゃったの」

「電車通りの？　じゃあ、電停まで一緒だ」

奏君が通りを渡ってきて、わたしは奏君と二人で歩き出した。

奏君の名前は、長谷部奏一。わたしたちのお父さんが高校からの友だちで、わたしも奏君も、同い年のひとりっ子。そんなわけで、小さい頃から、お互いの家を行き来している。今は、同じ小学校の五年生。

奏君のお父さんは、地元のオーケストラでチェロを弾いている。五歳からお父さんにチェロを教わっている奏君は、最近チェロ教室の個人レッスンにも通い始めた。

「ほんとうは、行きたくないんだよ。教室の愛田ゆみ先生って、父さんの何倍もこわいんだから。言われた通りにすぐ弾けないと、大きな声で怒るんだもん」

「ふーん。きびしい先生なんだ」

「そう。言われてすぐに、なんて、ぼくには無理だよ」

大きなチェロを背負った奏君は、息をはずませて歩いている。

五年生になっても、奏君はあまり背が伸びていない。わたしのほうが、背が高くなっちゃった。

「なんだか、わたし、チェロケースと一緒に歩いてるみたい」

「うるさいなあ。チェロを背負って歩くのって、大変なんだから。もっと小さな楽器を習いたかったな」

街路樹にはさまれた平和大通りを越えると、メモ帳とペンを手に持って歩く中学生のグループとすれ違った。聞き慣れない方言でしゃべっているから、きっとほかの県からやって来たんだ。

この先には、原爆資料館や原爆ドームのある、平和記念公園がある。全国の学校から修学旅行や平和学習にやってきて、今、五月は、その数がとても多い。

橋を一本越えて、土手の道を歩いて行く。新緑の桜並木の間から、川をのぞく奏君が、声をあげた。

「あっ、魚がいた！」

ゆったり流れる天満川の水面で、魚がピシャッと跳ねて光った。

「奏君、もう少し早く歩けないの？」

すぐ先の鉄橋を、路面電車が、ゴーと音をたてて通り過ぎる。

「楽器が重いんだよ。それより、ミオン、あの電車通りの手前の道、右に曲がって細い道に入ったところに、洋館があるの、知ってる？」

「ああ、レンガの塀のある、ツタだらけの古い家でしょ？」

「そうそう」

「あれ、空き家よね？」

「それが、あの家に最近、気味の悪いおじいさんが住みついたんだって。まるで、その……怪人みたいな」

「怪人？」

「うん。おでこが広くって、ライオンみたいな髪が肩まであって、鼻の先がワシのくちばしみたいに曲がって、目がくぼんだおじいさんだって」

奏君は、本気でこわがっているみたい。

「ちょっと、奏君。怪人なんて、いるわけないじゃん、絵本じゃないんだから！」

わたしはあきれてしまって、思わず声が大きくなった。

「それが、いるんだって。隣のクラスの子たちが、見たんだって」

「ただ、ボサボサの髪の長いおじいさん、なんじゃないの？」

「いや、ぜったい怪人だよ。洋館に入りながら、恐ろしい目で、その子たちをにらみつけたんだって」

「奏君は見たの？」

「ぼくは見てないけど。でも、あの洋館には、ライオン頭の怪人が住んでるんだ」

わたしは、あきれるのを通り越して、なんだか腹が立ってきた。奏君って、昔から、自分で確かめもしないで口ばっかり。それに、口のわりにはおくびょうなんだから。

わたしは一歩前に出て、奏君を振り返った。

「じゃあ、今から見に行ってみようよ。ほんとうに、怪人がいるかどうか」

「えっ、今から？」

「そうよ。もちろん、奏君も行くでしょ？」

「ぼくは……楽器背負ってるし、あんまり時間ないし」

「ああ、奏君こわいんだ。じゃあ、わたし一人で行ってくる。バイバイ」

「あっ、ちょっと、ミオン。待ってよ」

わたしは、土手の石段を駆け下りて、車道を横切った。

奏君って、ほんとうに、おくびょう！　二年生の夏休み、一緒にお化け屋敷に入ったときだって、奏君、途中で「帰る」って泣き出して、わたしが手をひいて連れ出したんだから。

奏君の呼ぶ声が聞こえていたけれど、わたしは振り向かず、走って角を右に曲がった。

そして、一度足を止めて、今度は歩いて細い道に入っていった。道の両側に、古いかわら屋根の家が並んでいる。その先に、洋館の青い三角屋根と、赤黒いレンガの塀が見えてきた。

わたしは、塀の前まで来ると、ツタのからみついた洋館を見上げた。三角屋根から突き出たレンガの煙突は、角が一つ欠けている。薄汚い壁には、稲妻のようなひびが入っていて、ツタがにょろにょろと二階の窓まではいあがっている。たしかに気味が悪い。このあたりは、誰も歩いていないし。

目の前のレンガの塀は、湿ったように黒ずんでいて、少し先に三日月形に崩れたところがある。そのくぼみに近づくと、高く伸びた雑草のむこうに、洋館の出窓が見えた。

のぞいてみよう。わたしは、ざらざらした塀のくぼみに手をかけた。

そのとき！

何か、聞こえてくる。この音……、ギター。クラシックギターの音だ。

誰が弾いているの？

わたしは、思いきりつま先立ちした。

見えた！

窓のむこうで、白髪まじりのおじいさんが、椅子に座ってギターを弾いている。

長い髪に隠れて、顔はよく見えないけれど、その音ははっきり聞こえてくる。

「この曲は……」

わたし、知ってる。わたしが、大好きだった曲。

おじいさんの指先が奏でる、澄んだギターの音色。

一音、一音、確かめるように弾くその音は、細い光となって、わたしの胸にあたった。


「パパ。もう一回弾いて。わたし、その曲、大好き」

「そうか。ミオンは、この曲好きか」

「うん。何ていう曲？」

「ラグリマだよ」

「ラグリマ？」

「そう。スペイン語で涙っていう意味だよ」
「涙？　どうして泣いちゃったの？」
「うーん。どうしてかなあ。どんな涙だろうね」

ギターの音をもっと聞きたくて、わたしは、入り口をさがした。塀づたいに角を曲がると、すぐ先にレンガの門柱があった。アーチ型の鉄格子のような扉がついていて、右側の扉が内側に向かって開いている。

門から中に一歩入ると、雑草だらけの庭に突き出た大きな窓のある部屋で、椅子に腰かけてギターを弾くおじいさんの姿が見えた。もう少し近づこうと、わたしが扉に手をかけたとたん、ギギギーと大きな音がした。

あー、さびた扉を押してしまった！

すると、おじいさんがギターを弾く手を止めて、顔をゆっくりこちらに向けた。

わっ、広いおでこに、ライオンみたいな長い髪の毛！

鼻の先がワシみたいに曲がって、目がくぼんでる！

「怪人!?」

思わず声をあげると、怪人がわたしに気づいた。

「そこで、何をしている」

うなるような怪人の声！　どうしよう。足がすくんで動けない。

「君、こっちに来なさい」

立ち上がった怪人は、ギターを持ったまま、こわい顔で言った。もう逃げられない。

わたしは、手のひらのさびを払うと、その手を握りしめて歩いていった。

窓ぎわでわたしをにらんでいる怪人は、背が高くて、白っぽい長袖のシャツに、折り目がついた灰色のズボンをはいている。足は、はだしだ。

わたしは窓の下から、怪人の顔を見上げた。

「なぜ、のぞいていた？」

低いしゃがれ声。

「あのう、ギターが……、ラグリマが聞こえてきたから」

怪人の奥まった目が、わたしをじっと見つめている。

「君は何年生だ？」

「小学五年生」

「よく曲名を知っているな」

「パパが……、パパがよく弾いてくれてたから」

「ほう、父親が」

大きな口の両はしが、かすかに上がった。

「君は、ギターが好きなのか？」

「え？　まあ」

「君も弾くのか？」

「はい。あっ、いいえ。前は弾いてたけど、今は……」

「父親が教えてくれるだろう」

「パパは……、二年前に交通事故で死んじゃったから」

「なに？　二年前？」

怪人の髪の毛が、震えている。

「君の……名前は？」

「名前？」

どうしよう。

「あの、わたし、桜井ミオン」

「桜井……」

怪人は、一瞬目を大きく見開いた。

「帰ってくれ。もうここに来るんじゃない」

眉間にしわを寄せ、押しつぶしたような声で怪人は言うと、大きな窓をピシャッと閉めて、厚手のカーテンをひいた。あとは何も聞こえない。

えっ、どういうこと？　名前を言っただけなのに。

わたしは、わけがわからないまま、足元の雑草を踏みつけ、門の外に出た。
門の柱に、表札が埋め込んである。『大河原』。これが怪人の名前？
怪人……。ほんとうに、奏君の言っていた通りの顔だった。でも、何もしていない
奏君の言うことが正しかったなんて、なんだか腹が立つ。
それに、あのギターの音……。思い出したら、胸がきゅっと痛くなる。
歩きながら、いろんなことが頭の中でぐるぐるまわって、気がついたら家の前。あっ、
文房具屋さんに行くのを忘れていた。

次の日の夕方、わたしはランドセルをおろすと、リビングのソファーに座った。テ
ーブルの上には、いつも通り、ママからのメモが置いてある。
――ミオン、おかえり。きょうの晩ご飯は、お店に食べに来て。算数のノート、き
ょうは忘れずに買うのよ。
ママは、オルケスタというスペイン料理のお店で働いている。ママの妹夫婦がやっ

ているお店で、平和記念公園のすぐそばにある。ママは今、夜も働いているから、時々わたしも晩ご飯をお店に食べに行く。

ママには、きのうのことは言っていない。

古い洋館をのぞいたら、怪人みたいなおじいさんがギターを弾いてた、そのおじいさんと話をした、なんてママに知られたら、ぜったい叱られるに決まってる。

とにかく、文房具屋さんに行かなきゃ。きょうの算数の授業、ノートの表紙の裏まで使って、体積の計算をしたんだから。わたしはソファーから立ち上がった。

「いらっしゃーい」

文房具屋さんのドアを押すと、奥からのんびりとしたおばさんの声が聞こえた。

「あれ、ミオン。二日続けて、文房具屋さん？　何買うの？」

奏君！　もう、なんでここにいるのよ。

「ぼく、マーカー買ったところ。ミオンは？」

「算数のノート！　きのう、いろいろあって来られなかったの！」

棚に並んだ小学生用のノート。あった。一冊取って、レジのおばさんのところへ持って行こうとした。

「それ、違うよ。それは12ミリマス。五年生のは、10ミリマスだよ」

そうだった。奏君、こういう細かいところによく気づくんだよね。わたしは12ミリマスのノートを棚に戻して、10ミリマスのノートを手に取った。

文房具屋さんから出ると、奏君がわたしを待っている。

「ねえ、ミオン。きのう、あれからどうだった？　洋館に、怪人はいた？」

奏君ったら、きょう学校でわたしが知らんぷりしたのに、おかまいなしに聞いてくる。だって、「ライオン頭の怪人がいたよ」なんて、悔しくてわたしから言いたくなかったんだもの。

わたしは、ノートの入った茶色い紙袋を抱きしめると、わざと大きな声で言った。

「あのねえ、こわそうなおじいさんなら、いたよ」

「ほんとうにいたの？　やっぱり。どんな感じだった？」

「んー、まあ、奏君が言ってたような感じかな」

わたしは、ちょっと小さい声で言った。

「ほんとうの怪人？　うなり声あげてた？」

「そんなわけないじゃん。ふつうにしゃべってたよ」

「え？　ミオン、その怪人としゃべったの？」

「うん、まあね。わたし、今からオルケスタに晩ご飯を食べに行くんだけど」

「じゃあ、店の前まで一緒に行くよ」

奏君は、自転車のストッパーを外した。ついてくるんだ。まあ、いいか。奏君は自転車を押しながら、一緒に歩きだした。

「あのね、門のところから家の中をのぞいたら、おじいさんがギター弾いてた」

「ギターを？　エレキギター？」

「違うよ。クラシックギター」

「クラシック？　で、そのとき、怪人としゃべったの？」

「そう、ギターを聞いてたら、おじいさんに見つかって、それで名前を聞かれて」

「え？　ミオン、名前を教えたの？」

「うん。桜井ミオンって。そしたら、怪人が急に、帰れ、もう来るな！　だって」

「どうして？」

「さっぱりわからない」

「ふーん」

奏君は歩きながらしばらく黙っていた。考えている顔だ。そして、ぼそりと言った。

「きっと、怪人はミオンのこと、知ってるんだよ」

「どうして？」

「わからないけど。本当はミオン、怪人とどこかで会ったことがあるんじゃないの？」

「あんな顔見るの、生まれて初めてだよ」

「なんか、ぼくも怪人の顔を、見たくなってきた」

「じゃあ、今から行って、見てくればいいじゃん」

「え？　一人で？　ねえ、あした一緒に行こうよ。土曜日だし」

「わたし、怪人にもう来るなって言われたんだよ」

「見つからないように、ちょっと見るだけ。ねえ、行こうよ。あしたは朝、チェロの練習だから、昼から。一時にミオンちに迎えに行くよ。じゃあ、あしたね」

「えっ？　ちょっと、待ってよ」

奏君は、くるっと向きを変えて、自転車に乗って行っちゃった。もう、勝手に決めて！

2

「ここかあ、怪人の家は」

奏君は一時ちょうどに、わたしを家に迎えに来た。自転車に乗っている。怪人に見つかったとき、すぐ逃げられるようにだって。

赤黒いレンガの塀に沿って、自転車を二台とめた。奏君はツタのからみついた洋館を、気味悪そうに見上げている。

「ほら、あそこ。塀が崩れてくぼんでいるところがあるでしょ。そこからのぞいたら、怪人がギターを弾いてるのが見えた」

「あそこ？　でも、ぼく、怪人と目が合ったらどうしよう」

「もう！　奏君が怪人の顔が見たいって言ったんじゃない。早くのぞいてよ」

「そうだけど……。よし！」

奏君は、塀のくぼみに近づくと、そこに両手をかけて、ぐっとつま先立ちをした。

「ミオン。見えないよ」

目の高さが、くぼみまで届いていない。

「もう。ちょっと代わって！」

わたしが背伸びをしてのぞくと、窓は閉まっていて、ギターの音も聞こえてこない。

「ここからじゃ、だめみたい。門からのぞこう。こっちに来て」

「え？　門から？　ちょっと待って」

わたしが塀の角を曲がって、二、三歩進んだとき、ギィーと門の扉が動く音がした。

わっ、出てきた。怪人だ！　見つかる！

わたしのからだは硬くなった。怪人はこちらに背を向けて扉を閉めると、そのままむこうに歩いていく。ボサボサの長い髪の毛に、ヨレヨレのジャケット。でも、怪人の足どりは、しっかりしている。左手に、黒っぽいギターケースを持っている。

「あれが怪人かあ」

いつの間にか、わたしの後ろにいた奏君が、かすれ声でつぶやいた。

怪人、ギターを持って、どこへ行くんだろう……。胸の奥が、ざわざわしてきた。

「あとをつけてみよう。奏君」

「え？　怪人についていくの？」

「あっ、角を曲がった。行こう」

「ちょっと待ってよ。自転車は？」

「置いとけばいいじゃん。早く！」

「鍵かけてないよ！」

角のところまで走っていくと、怪人は次の角を曲がっている。裏通りに出るんだ。

「ミオン、待ってよ。自転車の鍵、かけてきたよ。はい、これ、ミオンの」

「いいから持ってて。早く行こう。怪人、電車に乗るかも」

裏通りは狭いけれど、路面電車が通る道。細い道を抜けると、目の前を三両編成の電車が通り過ぎて、すぐ先の電停で止まった。怪人が、真ん中の車両の入り口に足をかけている。

「奏君、乗ろう！」

わたしは一番後ろの入り口めがけて走り出した。ドアを閉めかけた若い男の車掌さんが、わたしたちに気づいて、またドアを開けてくれた。

「もう、待ってよ、ミオン。乗るの？　ぼく、お金持ってないよ」

「電車賃くらい、わたしが持ってるから」

「乗られますか？　発車しますよ」

車掌さんが、困っている。

「はい。乗ります！」

わたしたちが乗り込むと、電車は動き出した。怪人は？　いた。二両目の前寄りの座席に、ひざの間にギターケースをはさんで座っている。

「ご乗車ありがとうございます。この電車は、宮島口行き直通電車です」

車掌さんのアナウンス。座席はいっぱいで、つり革につかまり立っている人もけっこういる。

「奏君、そこの反対の出入り口のところで、怪人を見張ってようよ。どこで降りるか、わからないからさあ」

「うん、それはいいけどさあ。ミオン、怪人のあとをつけて、どうするの？」

奏君が、不安そうにわたしの顔を見ている。

自分でもわからない。でも、からだが勝手に動いたんだ。

ずっと気になってる。わたしの名前を聞いたときの怪人の顔も、わたしの胸に残っているギターの音も……。

「それは、ついて行ってみないとわからないよ。奏君、いやなら降りていいよ」

「えー、もう乗っちゃったし。いいよ、ミオンに付き合うよ」

電車は裏通りから平和大通りに出て、太田川放水路にかかる橋を渡っていく。この川は、広島市内を流れる六本の川の一番西にあり、川の流れのはるか先には、灰色にかすんだ宮島が見える。

市内線から宮島線に変わって、もう四つ電停を過ぎた。立っている人の間から見える怪人は、降りる気配がない。ひざの間に置いたギターケースに手をのせ、じっと目を閉じている。あれ？　あのギターケース、なんだか……。

「ねえ、ミオン。あの怪人の黒いギターケース、なんだかボロボロじゃない？」

「うん。わたしも、今、そう思って見ていたところ。すごく古そう。縁の黒いところがすり切れてるし、傷もたくさんついているんじゃない？　あんな古いケースを持って歩いている人、見たことがない」

「ボロボロの古いギターケースを持ち歩く怪人だなんて、ますます気味悪くなってきた」

電停をいくつも過ぎ、電車に乗って三十分はたった。ガイドブックを手に持った、半袖Tシャツの外国人たちも乗り込んできて、何語かわからない言葉をしゃべっている。

ちょっと心配になってきた。怪人は、終点の宮島口まで行くのかなあ。まさか、フェリーに乗りかえて、宮島へ？

宮島は、瀬戸内海に浮かぶ緑におおわれた島で、平清盛が造ったという厳島神社のほかにも、歴史のある建物がたくさん残っている。広島で一番の観光地。宮島口からフェリーに乗れば十分で行けるけど、怪人はギターを持って、観光なんてしないよね。

奏君の顔も、不安そうになっている。

「ねえ、ぼくたち、ちゃんと帰れるかなあ。ずいぶん遠くへ来ちゃったよ」

「帰れるよ。反対のほうに行く電車に乗ればいいだけだよ」

「でも、ぼく、五時までに家に帰るって、母さんに言っちゃったよ」

「うん……。あっ、奏君、窓のむこうに海が見える」

「ほんと？　わあ、海見るの、久しぶりだあ。きらきら光ってる。島もいっぱい見えるよ」

奏君は夢中になって、窓の外を眺め始めた。

それから五分ほどたって、車掌さんのアナウンスが響いた。

「まもなく終点の宮島口に到着(とうちゃく)します」

ついに、終点まで来ちゃった。電車賃(でんしゃちん)、いくらだろう。運賃表(うんちんひょう)がドアの上にはってある。扉(とびら)が開いて、みんな、ぞろぞろと降(お)りていく。

「ミオン。怪人(かいじん)が、改札口を出て行くよ」

わたしはポシェットから財布(さいふ)を出し、二人分の電車賃(でんしゃちん)を払(はら)うと、急いで改札を出た。

「見て。怪人(かいじん)、フェリー乗り場に向かってる」

わたしたちが追いかけていくと、怪人(かいじん)は宮島行きフェリーの券売機(けんばいき)の前で立ち止まり、小銭(こぜに)を入れて切符(きっぷ)を取ると、乗船口(じょうせんぐち)の改札に向かって行く。

「どうする？　ミオン」

「奏君、乗ろう！」

わたしは券売機(けんばいき)の前まで走って、財布(さいふ)を取り出した。

「ミオン、船に乗るの？　宮島に行くの？」

「子ども、いくらかな？　奏君、見て！」

「え？　えっと、えっと、あった！　往復で百八十円。ここに、子ども二人っていうボタンがあるよ」

五百円玉を入れて、そのボタンを押すと、切符四枚とおつりがジャラジャラ出てきた。

「あっ、帰りの電車賃が足りない！」

「えー、ミオン、どうするんだよー」

「宮島行き直行便、まもなく出発しまーす」

メガホンを持ったおじさんが、繰り返し言っている。

「お金は帰りに、駅の人に借りればいいよ。行こう、奏君」

「借りる？　借りられなかったら、どうするの!?」

わたしが走り出すと、奏君はもう黙ってついてきた。桟橋の先には、背の高い白いフェリーが泊まっていて、その両側にある狭い階段を、乗客が分かれて登っている。怪人は右側の階段を登ると、二階の客室に入っていった。わたしたちも追いかけていき二階に上がった。窓越しに客室をのぞくと、横並びの座席は、もういっぱいだ。

「奏君、三階のデッキに行こう。風が吹き抜けて、気持ちがいいよ」

　デッキに上がると、そこのベンチも観光客でいっぱい。わたしたちは、手すりのあるところに立って、景色を眺めることにした。

　グググーと低いエンジン音がして、船が動き出した。ザーザーと音をたてて、泡のような白い波が、フェリーの後ろに流れていく。

　風が強くて、奏君の髪も、わたしの髪もくしゃくしゃになっている。

「あーあ。ミオンに付き合って、ついに宮島まで行くことになっちゃった」

　白い手すりに腕とあごをのせて、奏君が大きな声で言った。わたしは、わざと聞こえないふりをしたけれど、本当は足がぴりぴり震えている。宮島へは学校の遠足や家族となら行ったことはあるけれど、子どもだけで行くなんて……。

　海に浮かぶ、横長の緑の島が、少しずつ大きくなってくる。

　怪人、宮島に何をしに行くんだろう。

フェリーから、海辺に立つ朱色の大鳥居が、ずいぶん近くに見えてきた。大鳥居は潮が引くと、砂浜を歩いてそばまで行けるけれど、今は潮が満ちていて、海の上にどっしりと立っている。今、ここからは見えないけれど、厳島神社も海に浮かんだように見えているはず。

フェリーが、宮島の桟橋に到着した。

「怪人が、もう階段を降りてる。奏君、急いで」

「こんなに人が多いんだから、急げないよ」

怪人は、観光客にまじって桟橋を渡り、待合室に向かっている。わたしたちも、怪人のあとを追いかけて、ごった返している待合室を通り抜けた。

出口には、『日本三景・世界遺産の島』『歴史とロマンと神の島』と書かれたのぼりが、風になびいている。桟橋前の広場では、木陰でのんびりと休んでいる鹿の親子に、外国人観光客がカメラを向けている。

怪人は？　もう海沿いの商店街に向かって歩いていた。

「すごい人！　ライオン頭、あそこにいる。もっと近くに行かなきゃ、見失っちゃう」

「人が多すぎて、ぼく、前のほうが見えないよ」

「わたしは、跳びあがったら見えるよ」

この表参道商店街は、厳島神社まで続いているはず。小さい頃、この道を通って、お正月の初もうでに行ったことがある。怪人も、お参りに行くのかなあ。

「うわあ、甘くていい匂い。もみじまんじゅう焼いているんだ。ほら、そこのお店。あっ、こっちのお店でも。あっ、あそこの屋台は、殻つきのカキを焼いてるよ」

「奏君、キョロキョロしないでよ！」

「だって、ぼく、横しか見えないもん」

「あっ、ライオン頭、いなくなっちゃった」

「ミオン、ほらほら、あっちだよ」

奏君が、横道を指さした。商店街をはずれた、人通りのない細い道を、ギターを持った怪人が歩いている。

「角を曲がった。奏君、行こう」

横道を走っていくと、裏通りに出た。白壁や格子戸の家が並んでいる。八百屋さんやお米屋さんの看板も見える。ここは、ふつうに人が住んでいるみたい。

通りはゆっくりカーブしていて、怪人の頭のずっと先に、朱色の五重塔が見える。

「見て。立札に『町家通り』って書いてある」

奏君が、声をおさえて言った。ここは、騒々しい商店街とは全然違う。人もほとんど歩いていない。

「わたし、宮島にこんな道があるって知らなかった」

「うん、ぼくも。それにしても、怪人、おじいさんなのに歩くのが速いねえ」

怪人はしばらく歩くと、小さな鳥居のある神社の角を、左に曲がった。その先にある石垣にはさまれた石段を登っている。わたしたちも、少し距離を置いてついて行った。

まっすぐな石段は、すぐに右へ左へと曲がりくねって、上へ上へと続いているようだ。

「ミオン。もしかして、怪人はロープウェイに乗って、弥山の頂上まで行く気じゃないよね？」

弥山は、原始林に包まれた宮島一高い山で、神々が宿ると言われている島の聖地だ。

「まさか。もし、そうだったら、切符を買うお金がないよ」

「うん。これは、ロープウェイ乗り場に行く道じゃないと思うけど。それにしても、怪人、元気だよねえ。まだ、登るの？　ぼく、もう疲れたよ」

「ちょっと、奏君、立ち止まらないでよ。先に行くよ」

石段を登りきると、開けた道に出た。横並びに家が三軒並んでいて、一番右の家の横には、ひいらぎの生け垣沿いに、まだ上に行く坂道がある。でも、怪人がいない。

「ミオン、待ってよ。石段、きつい！」

「怪人、いなくなっちゃった」

「ほんと？　まだ坂道がある。あっちに行ってなきゃいいけど……。あっ、ミオン、来て、来て。このひいらぎの中の家。玄関の上に、看板がかかってる。ギター工房って」

「どこ？」

わたしは奏君の横に並んで、白壁の二階建ての家を見上げた。木の看板に、太い筆書きの字で『柿川ギター工房』と書いてある。

「ミオン、ほら、話し声がする。戸が少し開いてるよ」

生け垣から五、六歩先にある格子戸が、十センチほど開いている。中から男の人の声が聞こえてくる。

「奏君、のぞいてみようか？」

「うん、そうだね。ここまで来たんだもん」

わたしと奏君は、足音を立てないように近づいた。格子戸の前の低い石段。奏君はそこにしゃがみ、わたしはその上からのぞき込んだ。目の前に、受付台のような木の机。からだを左にずらすと、右のほうの壁にギターがかかっているのが見える。

「……ああ、帰って来られたんですね、広島に……」

明るくて元気のいい男の人の声。もう一人、低くてぼそぼそ話す声が、たぶん怪人だ。

でも、何を話しているのかは全然聞き取れない。

「ああ、糸巻き……。大丈夫ですよ……」

わたしたちは、途切れ途切れに聞こえてくる声を、動かずじっと聞いていた。

「はい、そうですね。ええ、そうしてください」

急に、はっきりした、大きな声。終わったんだ。出てくる！　わたしと奏君は顔を見合わせると、前の道に飛び出して、そのまま坂を駆けあがった。生け垣に隠れて見ていると、怪人が出てきた。怪人は五、六歩坂を下ると、ゆっくりと立ち止まった。その後ろ姿は、何かを思いながら、目の前の景色を眺めているみたい。そして、石段のほうへ消えて行った。

「奏君。怪人、ギター持ってなかったね。工房に置いて帰ったんだ」

「きっと、修理に持ってきたんだよ。ミオン、下に降りよう」

奏君が、先に歩き出した。

「こんなところにギター工房があるなんてねえ。あれ、玄関が開けっぱなし」

「おや。声がすると思ったら。君たち、何してるの？」

　黒ぶちメガネをかけた、もさもさ頭のおじさんが、ひょっこり格子戸から顔を出した。白くすり切れたデニムのエプロンを、首からかけている。

「ぼくたち、その。……あっ、この子がギターに興味があって」

「え？　ちょっと、奏君！」

「へえ。時々、工房を見学したいっていう人は来るけど、こんなに若いお客さんは初めてだ。君、ギター弾くの？」

「いえ、わたしは……」

「はい。この子、ギターがすごく上手なんです」

「へえ。君はギターを弾かないの？」

「ぼくは、チェロを弾いています」

「ギターとチェロか。いいコンビだね。まあ、中に入って」

　わたしは奏君を思いきりにらんだ。奏君は知らんぷりして玄関に入っていく。もう！

中に入ると、プーンと木の匂いがする。受付台の右手に、色のあせた布のソファー。その奥の部屋が、作業場みたい。天井まである高い棚に、色々な大きさの厚い板が積み重ねてある。ギターの形をした薄い板も、ずらっと並んでいる。

「これは、出来上がったばかりなんだ」

おじさんは、さっき見えた、壁にかかっている木目のきれいなギターを、自慢そうに眺めながら言った。

あれは！　ソファーの前のテーブルの上に、黒っぽいギターケースが置いてある。怪人が持ってきたんだ。黒い縁がすり切れたようにはげて、中の板が見えているし、留め金もさびている。それに、ケースについてるあの傷は？　何かでえぐられたような痕が、たくさんついている。

「まあ、そこに座って。おっと、大事な桜井さんのギターは、こっちに置かなきゃ」

おじさんはケースの取っ手を握って抱きかかえると、作業場に持って入った。わたしは、奏君の顔を見た。

「今、おじさん、桜井さんのギターって言わなかった?」

「言った！　桜井さんって」

おじさんは、作業場から戻ってくると、わたしたちの向かいに座った。

「あの、さっき、ここに来ていたおじいさん、桜井って言うんですか?」

「ああ、そうだけど、帰るところを見ていたの?」

「この子の名前も、桜井なんです」

奏君が、身を乗りだして言った。

「そうなの?　もしかして、親戚?　それとも、お孫さん?」

「いえ、わたし、違うけど。ほんとうに、さっきの人、桜井っていう名前ですか?」

「そうだよ。うちとは、長い付き合いなんだ。それより君たち、作業場見てみる?

見学に来たんだろ?」

「え?　あの、はい……」

「ミオン、時計見て。あの、ぼくたち、来るまでに時間かかっちゃって。ほら、ミオン、もう三時半だよ。そろそろ行かなきゃ、五時までに帰れないよ」

「え？　今、来たばかりなのに、もう帰るの？　君たち、どこから来たの？」

「広島市内から、電車に乗って。あっ、そうだ、ミオン。ほら、あの」

「あっ、そうか。あの、すみません。帰りの電車賃が足りなくなっちゃって……。少し、お金を貸してもらえますか？」

「ははは。君たち、お金も持たずに子どもだけで、こんなところまで来たの？　なんだか変わってるね。しかも、二人とも、小さな音楽家さんだ」

おじさんは、作業場から財布を取ってきてくれた。

「まあ、せっかく宮島まで来たんだ。下で、もみじまんじゅうでも買って帰ったら？」

「えっ、千円も？　やったー、ぼく、焼き立てのもみじまんじゅう食べたかったんだ」

「もう、奏君！　すみません。来週、返しに来ます」

「君の名前は桜井、えっと、ミオンちゃんで、君は？」

「長谷部奏一です」

「ぼくはここの三代目で、柿川信作。お金はいつでもいいから」

わたしたちは、柿川さんにお礼を言って、工房を出た。


「よかった、お金が借りられて」

「ねえ、どうして怪人が、わたしと同じ名前になってるんだろう。門の表札には、確かに『大河原』って書いてあったのに」

「実は、怪人がミオンの本当のおじいさんだったりして」

「そんなわけないよ。おじいちゃんは、わたしがママのお腹にいるときに、死んじゃったんだから。それに、名前は、桜井幸介」

「そうか。あっ、ミオン、見て！　すごい眺め。海も見渡せるし、むこう岸の街も山も全部見える」

「ほんとだ」

「それに、すぐ下の商店街の屋根も見えるよ。宮島の街を、上から見下ろすのって初めて。早くもみじまんじゅう屋さんに行こうよ」

奏君は、跳ねるように石段を降り始めた。


「いらっしゃい、ミオンちゃん。奏一、ミオンちゃん、来たわよー」

次の週、金曜日の夕方、わたしは奏君の家に遊びに行った。わたしも奏君も、怪人のあとをつけて宮島に行ったことは、誰にも言っていない。ぜったい、怒られそうだもの。


「おじちゃん、こんにちは。きょうは、お休み？」

いつも髪を短く刈りあげて、銀縁メガネをかけている奏君のお父さん、テーブルに新聞を広げて読んでいる。

「やあ、ミオンちゃん、久しぶり。きょうは、やっと休み。ここのところ、演奏会が続いてまいっちゃうよ。お母さんは、元気？」

奏君のお父さんは、オーケストラで演奏するほかに、音楽大学でもチェロを教えている。奏君が二階から降りてきた。

「ミオン、ぼくの部屋に来る?」

わたしが奏君について、階段を上がろうとしたとき、おじちゃんがため息まじりに言った。

「いや、ほんとうに厳しいよなあ、大河原さんの批評は」

「え? 大河原?」

「え? 大河原?」

新聞を読んでいたおじちゃんが、びっくりしてこっちを見てる。

「なんだ、二人とも。声をあげて。新聞の記事だよ。この間の定期演奏会の講評が載っているんだ。『それぞれの弦楽器の音色に調和感がなく、バランスの配慮という点では、課題の残る演奏だった』とさ。相変わらず辛口だよなあ、大河原さんは」

「父さん、大河原って誰?」

「音楽評論家だよ。年は八十をとっくに超えているんじゃないか? 広島市内の高校で音楽教師をした後、東京の大学かどこかで講師をしながら、演奏会の講評を書いたりしていた。この春、広島に帰ってきたらしいよ」

「おじちゃん、それどんな人？」

「あれ、ミオンちゃん、興味あるの？　ここにプロフィールが載ってる。ええっと、大河原哲治郎。一九三二年生まれ。八十六歳。広島市出身。教員を務める傍ら、スペイン音楽の研究・翻訳を続け、一九九二年より東京の大学で講師を務める。少年時代にクラシックギターを習ったことが、スペイン音楽に興味を持つきっかけとなった、と書いてあるぞ」

「おじちゃん、その人の写真、載ってる？」

「写真はないけど、えらく変わった風ぼうらしいよ」

「変わった？」

「いつも髪を肩まで伸ばしていて、それがライオンみたいに見えるらしい」

わたしは、奏君の顔を見た。

「ミオン、ぼくの部屋に行こう」

「あのライオン頭の怪人が、音楽評論家？」

奏君は、部屋のドアを閉めると、大きな声で言った。

「怪人の家の表札は大河原だし、ギターも弾いてるし、まちがいないと思う。びっくりだよね。でも、ギター工房で、名前がわたしと同じ桜井になっているって、いったい、どういうこと？」

「うーん、なんでだろう」

奏君はベッドに座って、腕組みをして考えている。わたしは、勉強机の椅子に座って、くるっと向きを変えた。

「ねえ、奏君。もう一回ギター工房に行って、ちゃんと聞いてみようよ。柿川さんは、なにか勘違いをしてるのかもしれない」

「でも、柿川さんは、怪人のことを、長い付き合いだって言ってただろ」

「そうだけど。あのケースが、傷だらけなのも気になるし。それに、お金も返さなきゃいけないし」

「そうだね、行ってみよう。あさっての日曜日！」

「え？　あした行かないの？」

「あしたは昼から、チェロのレッスン。発表会が近いから」

「そっか。じゃ、日曜日にね」

「ねえ、ミオン。ミオンも、また弾けばいいのに、ギター」

「わたしのことより、奏君、しっかり練習しなきゃ。また、ゆみ先生に大きな声で怒られるよ」

「練習してるよ。ミオンだって、前みたいに練習すれば、すぐ……」

ノックの音がして、ドアが開いた。

「奏一、ミオンちゃん、ジュース持ってきたわよ」

「あっ、ありがとう」

奏君のお母さんが、オレンジジュースの入ったグラスをふたつ、勉強机に置いてくれた。

「ミオンちゃん、今夜、お母さんはお店？　よかったら、うちで晩ご飯を食べていかない？」

「うん、でも、きょうはお店に行くことになってるから」

「いいなあ、ミオンは。晩ご飯、スペイン料理だって。ぼくんちなんか、毎日同じようなおかずばっかり」

「こら、奏一！」

口をとがらせた奏君を、おばちゃんがにらみつけた。


オルケスタの裏口まで来ると、もうニンニクとオリーブオイルの匂いがしてくる。

わたしは、厨房のドアを開けた。

「オラー」

これは、シェフのマヌエルに教えてもらった、スペイン語のあいさつ。「ハーイ」とか「やあ」とかいう意味で、一日中使える便利な言葉なんだって。

「オラ、ミオン。きょう、遅かったネ」

コンロの上でフライパンを揺らしながら、マヌエルが言った。背が低くて、ちぢれた茶色の髪、鼻の先がつんととがった、日本語ペラペラのスペイン人。ママの妹の絵美ちゃんが、スペイン旅行で知り合って、遠距離恋愛の末に、日本に連れてきちゃった。

「4番さん、コシード一つお願い。あら、ミーちゃん、来てたの？」

カウンタードアを開けて、絵美ちゃんが入ってきた。

絵美ちゃんより三つ若い三十五歳。

「うん、今、来たところ」

「ママが、ミオン遅いねって言ってたよ」

肩の上で切りそろえたストレートの髪。ママより二つ年下の絵美ちゃんは、フラメンコを習っていて、踊るとカッコいい。

オルケスタには、小さなステージがあって、演奏もできるし、絵美ちゃんがフラメンコを踊ることもある。パパもここでギターを弾いていた。

「あら、ミオン、遅かったじゃない」

「あっ、ママ。奏君のところに寄ってたから。おじちゃんが、ママ元気？ って」

マヌエルは、オイルで煮た赤いえびを、フライパンから白い深皿に流し込んだ。ジューという音と一緒に、ニンニクの香りがプンプンする。

「久美、お願い」

マヌエルが、ママを呼んだ。

「えびのアヒージョは、2番さんね」

ママはお皿を片手で持つと、束ねた髪を背中で揺らしながら、ドアのむこうに出ていく。ママ、家にいるときより、いきいきしてる。

わたしは、ステンレスの調理台の隅にある、丸椅子に腰かけた。マヌエルは、湯気の立ち上る大きな鍋から、器にスープをつぎわけている。

「はい、これ、ミオンのだよ」

「わあ、コシードだ」

ひよこ豆と鶏肉と、チョリソと野菜がたっぷり入った、茶色く澄んだスープ。ガーリックトーストの小皿もついてきた。

「いただきます」

スプーンの上でふうふうさまして、やわらかく煮えた人参をほおばった。

絵美ちゃんとママは、ホールと厨房を行ったり来たり。マヌエルは、ずっと手を動かしている。今夜は忙しそう。お客さんの笑い声と、BGMのギター曲を聞きながら、わたしはトーストをかじった。

3

「ふう、暑い！　ぼく、半袖で来ればよかった」

奏君は、おでこの汗をシャツの袖でぬぐっている。

日曜日、宮島の空は雲一つなくて、山の緑も濃くなった気がする。わたしと奏君は、
また石段を登り、柿川ギター工房までやってきた。

「ごめんください」

格子戸を開けて声をかけると、作業場から声がした。

「おや、小さな音楽家さんたちだ」

柿川さんはメガネをはずして、タオルで汗をぬぐっている。

「こんにちは。ええっと、これ。この間は、ありがとうございました」

わたしは、財布から五百円玉を二枚出して、柿川さんに渡した。

「ああ、いつでもよかったのに。まあ、そこにかけて。今から休憩しようと思ってたところ。きょうは、暑いねえ。麦茶、飲む？」

「はい、飲みます。ぼく、のどカラカラ」

奏君とわたしは、ソファーに座った。柿川さんは、部屋の隅の冷蔵庫から出した麦茶を、コップについでくれた。わたしは一口麦茶を飲むと、思いきって聞いた。

「あの、この間、わたしたちが来たとき、ここにすごく古そうなギターケースが置いてあったけど」

「ああ、あのギターね。うちの工房で作ったものなんだよ」

「えっ、そうなんだ。柿川さんが、作ったんですか？」

「いや、ぼくのおじいさん。つまり、うちの一代目が作った」

「一代目？　それで、そのギターを持ってきた人の名前は、桜井さん？」

「そうだよ」

「大河原じゃなくて？」

柿川さんは、まじめな顔でわたしを見ると、飲みかけの麦茶を机の上に置いた。

「どうして？　何を聞きに来たの？」

えっ、なんて言おう……。

「柿川さん。ミオンは、ここで作っているギターのことを聞きに来たんです。ぼくたち、音楽の宿題で、楽器のことを調べなくちゃいけなくて、それでミオンは、クラシックギターにするって」

わたしは口をポカンと開けて、奏君を見た。

「なんだ、そういうことか。ギターを作っている工房なんて、ここらへんでは、うちだけだからな。うちはね、代々宮島細工という工芸品を作っていたんだ。でも、ぼくのおじいさんは、学校の先生が聞かせてくれるクラシック音楽、バッハやベートーベンの音楽が大好きで、木を削って丸盆や茶たくを作るより、木で楽器を作りたいと言い出したそうだ」

「それでギターを作り始めたんだ」

奏君が、黙っているわたしのかわりに、しゃべっている。

「いや、最初は、ヴァイオリン職人を目指して名古屋に修業に行ったそうだ。だけど、そこではギター作りも本格的に始まっていて、おじいさんは、ギターの生の音を初めて聞いたんだ。ヴァイオリンは、弓で音を奏でるが、ギターは、指でじかに弦に触れて音を奏でる。その温かい自然な音色が心に響いたそうだ。それで、ギター職人になろうと修業をして、昭和十三年にここで工房を始めた」

「へえ、そんなに昔から。そして、あの桜井っていうおじいさんが、ここでギターを作ってもらったんだ」

「いや、あれは、桜井さんの先生のギターだよ」

「先生のギター？」

「そう。檀上先生といって、若いけれど実力のある人で、広島では有名なギターの先生だったらしい。手の小さな人だったから、一代目が先生のために、ネックの厚みを少し薄くして、弦を押さえやすいように作ったんだ」

「へえ、オーダーメイドってやつだ」

「だけど戦争が終わる前の年に、檀上先生は戦地に行くことになって、そのギターを当時十一歳だった桜井少年に預けた。桜井さんは、ギターが大好きで、演奏がうまくて、ほんとうに素質のある少年だったらしいよ。結局、檀上先生は戦死して戻らず、そのギターは原爆にあって、楽器としては使い物にならなくなったんだけどね。今は二〇一九年だから、七十四年前の話だ」

「でも、今は弾けるんですよね？」

　思わず、わたしは聞いた。

「そう。ちょうど十年前に、桜井さんが檀上先生のギターを直してほしいって持ってきたんだよ。おやじは、亡くなった一代目から、ギターを預かった桜井少年の話を聞かされていたから、ああ、あなたが桜井さんですねって、すぐに名前が出てきたんだ。桜井さんは、それまで六十四年間、ギターを物置にしまったままにしていたらしいけど、どうしても音の出るようにしてほしいと言ってね」

十年前って、わたしが生まれた年。つまり、おじいちゃんが死んだ年だ。

「おやじは最初、断ったんだよ。普通の修理とはわけが違うからね。原爆にあって、ひどい状態だったから。だけど、桜井さんに何とか音の出るようにしてくれと頼まれて、おやじも断り切れなくてね。修理は大変だったよ。表面の塗装が熱線で溶けてるから、全部はがして何度も塗り替えたり、板も反りかえっているから、一度はずして平らに戻したり、修理に一年近くかかった。おそらく、原爆にあったのに、また弾けるようになったギターは、あれ一本だけだと思うな」

「柿川さん、わたし、見てみたい」

「ああ、それが糸巻きの修理が終わって、桜井さん、さっき取りに来たんだよ。宿題で調べているんだったら、見せてあげたのに、残念だったね」

「え？　怪人……じゃない、桜井っていうおじいさん、さっきまでいたの？　ぼくたち、来るとき会わなかったよ」

「横道がけっこうあるから、どこかで行き違いになったんだろう。さて、君はギターのことを知りたいんだよね。まず、ギター作りに使う板は、表面がドイツ松、横や裏はローズウッドやメイプルなどの木でね。それぞれのパーツ型に切ってから、だいたい十年、自然乾燥させるんだ。それを、また切ったり削ったりしてから、接着して組み立てていくんだけど、ミオンちゃん、作業場でその過程を説明してあげよう」

えー、どうしよう。なんだか、長くなりそう。

「柿川さん、今度はぼくの宿題の楽器を調べに行くから、もう行かなきゃ」

「ああ、そうなの？　君、ギターの説明はもういいの？」

「はい。その古いギターの話が聞けただけでじゅうぶんです」

「そう。ところで、君は今からチェロのことを調べに行くの？　このあたりにチェロ工房があるなんて、聞いたことがないけど」

「ぼくが調べるのは、チェロじゃなくて、えっと、えっと、しゃもじ！」

「しゃもじ？」

「ほら、高校野球の応援で、カチカチ鳴らすでしょ？」

「そうだけど、あれは楽器じゃないだろう？」

「いいんだよ、音の出るものならなんだって。ミオン、行こう」

「うん。柿川さん、ありがとうございました」

「そうだ。そこの坂を少し登っていくと、右に曲がる小道があってね、その道が紅葉谷公園に通じる近道なんだ。今は新緑がきれいだから行ってみたら？　その近くに、しゃもじを作っているお店もあるしね」

「そうか、行ってみよう。柿川さん、ありがとう」

工房の横の登り坂を、奏君は先にさっさと歩いてる。

「ミオン。あの角に『紅葉谷へ』っていう矢印が立ってる。ここから行けるんだ。前に来たときは、下の商店街を通って行ったよね」

紅葉谷……。

わたしの頭の中から、一瞬、怪人や古いギターのことが消えた。

小学三年の秋、奏君とわたしの家族六人で、紅葉谷に行った。もみじの木が、あたり一面、赤や黄やだいだい色に染まっていて、奏君と一緒にきれいな落ち葉を拾ったんだ。みんな、笑ってた。でも、その一週間後、パパは……。

「ミオン、早く」

「う、うん、待って。もうさっきは、奏君、急に音楽の宿題なんて言うから、びっくりしたよ。でも、怪人の名前が、大河原なのか、桜井なのか、こんがらがってきた」

「ねえ、ミオン。ぼくは、その檀上先生にギターを教わっていた桜井少年って、ミオンのおじいちゃんだと思うよ」

「わたしの？　でも、おじいちゃんが先生に習っていたなんて、聞いたことないけど」

「怪人もギターを習っていたって、新聞に書いてあったよね。もしかしたら、同じ先生に習っていたのかも。でも、素質のある桜井少年は、絶対ミオンのおじいちゃんだ。ミオンのパパは、そのおじいちゃんからギターを教わって、ミオンはそのパパから教わったから、あんなにギターがうまくなったんだよ。いいなあ、ミオンは。素質が受け継がれているんだよ。ぼくには、素質なんてないんだよな」

「そんなことないよ。奏君だって、上達してるじゃない」

「ぼくのおじいちゃんなんて、音楽は何もやってなかったんだって。父さんだって子どもの頃、たまたま近くに音楽教室ができたから、ヴァイオリンを習いに行かされて、そうしたら定員いっぱいで、仕方ないからチェロを習ったんだって。ほんと、変なきっかけ」

「でも、ずっとチェロを続けて、音楽大学に行って、オーケストラに入ったなんて、すごいじゃない」

「ミオンのパパだってさ、音楽大学には行かなかったけど、大学のギタークラブのコンサートで、ソロを弾いたりしてたんだろ？　銀行に入ってからも、ほら、オルケスタでよく週末の夜なんかに、ステージでスペインの曲を演奏してたじゃん。カッコよかったなあ、ミオンのパパの生演奏」

林の中の曲がりくねった小道が、だんだん広くなってきた。川の流れる音がする。

道の両側からおおいかぶさる、きみどり色のもみじの葉のすき間から、朱色の橋が見えてきた。

「ねえ、ミオン。ぼく、ミオンがギターの練習をするのを見てるの、好きだったなあ。パパには教えてもらえなくなっちゃったけど、あんなに上手だったギターをやめるなんて、もったいないよ」

「わたしのことは、いいから」

「よくないよ」

「……」

「ねえ、ミオン、また弾いてよ！」

わたしは立ち止まって、息を吸い込んだ。

「奏君！」

「なに？」

「あのね、ほっといてよ」

「え？」

「わたしは、もう、ギターを弾かないの」

「どうして？」

「弾いたら……、パパのことを思い出して、泣きたくなる」

「そんな理由？」

「そんな理由って、なによ！」

「そりゃ、思い出しちゃうかもしれないけど。ぼくは、憶えてるよ。ミオンがギターを弾いてるときの、ミオンのパパのうれしそうな顔。パパのほうが、ギターを弾かないミオンを見て、泣いてるよ」

「わかったようなこと、言わないでよ。わたし、帰る」

「えっ、帰るの？　紅葉谷に着いたばかりじゃん」

「あっ、あの先にしゃもじ屋さんがある。奏君は、しゃもじ作るところを見て帰れば？　わたしは先に帰るから。じゃあね、バイバイ」

「えー、なんでだよう」

わたしは奏君の顔をちらっと見ると、振り向かずに歩き出した。しゃもじ屋さんの看板が、にじんで見えた。

あれ、玄関の鍵が、開いている。

「ただいま」

リビングをのぞくと、ママがソファーで洗濯物をたたんでいる。

「おかえり、ミオン。遅かったのね」

「ママ、仕事に行かなくていいの？」

「きょうは、昼だけの日よ。夜は大学生のバイトの子が入るでしょ」

「そうか。きょうは、日曜日だった」

ママはいないと思っていたから、ドキドキする。

「手を洗ってくる」

わたしは洗面所に飛び込んだ。蛇口をひねって、勢いよく出る水の中に手を突っ込む。

朝、ママには奏君と遊ぶって言ったけど、宮島に行くなんて言ってない。その宮島に、奏君を置いてきちゃった。だって、奏君、わたしのことを追いかけてこないんだもの。

ほんとうに、しゃもじ屋さんに入っちゃったのかなあ。

「ミオン、奏君と遊んでたんでしょ？　どこに行ってたの？」

リビングに戻ると、やっぱりママが聞いてきた。

「ああ、五時過ぎてるんだ、えっと、あっちこっち行ってた。あー、疲れた」

わたしは肩からポシェットをはずしながら、ママの横に座った。ママは手際よくたたんだ洗濯物を、テーブルの上に置いていく。

目の前の本棚の上には、写真立てが二つ並んでいる。ひとつは、会ったことのないおじいちゃんの写真。照れくさそうに微笑んでいる。

「ねえ、ママ。おじいちゃんって、どんな人だったの？」

「桜井のほうのおじいちゃん？」

「うん。ママのほうのおじいちゃんは、お正月とかに田舎に行ったら会えるけど、こっちのおじいちゃんは、写真でしか見たことないもん」

「そうね。ミオンがママのお腹にいるとき、亡くなったものね。おじいちゃんは、あまりしゃべらない人だったけど、やさしい人だった。おばあちゃんが先に亡くなっちゃったから、時々寂しそうにしていたけどね」

「ふーん」

「一人でよく、ギターを弾いていたわね。きれいな音が聞こえてきてた」

「おじいちゃん、ギター上手だったんでしょ？」

「それはもう。おじいちゃんは子どもの頃、有名な先生にギターを習っていたんだから」

「え！　おじいちゃん、先生に習ってたの？」

「そうよ。ミオン、知らなかった？」

「知らないよー。先生の名前は？　何ていう先生に習ってたの？」

「名前？　ママは知らないけど、とにかく、広島では有名な先生だったらしいわ」

おじいちゃんの先生、きっと檀上先生だ。教え子の男の子って、やっぱりおじいちゃんのことだったんだ。

「おじいちゃん、どんなギターを弾いてた？　古いの？　新しいの？」

「それは、ギターを見ても、よくわからなかったけど」

「ボロボロのケースに入ってたとか」

「そんなことは、ないわよ。緑色のちゃんとしたケースだったわよ。そのギターは、パパが、ギターを弾きたいって言う職場の後輩に、ゆずってあげたみたいよ」

「そうなんだ」

「そう言えば、この間、オルケスタの近くのスーパーの前で、おじいちゃんの友だちだった人に会ったのよ。おじいちゃんが亡くなった一週間後に、わざわざ東京からお線香をあげに戻ってきてくださってね。子どもの頃、おじいちゃんと一緒にギターを習っていたんだって」

「えっ、一緒に習ってた？　どんな人？　名前は？」

「名前は、なんだったかしら。年賀状を探したらわかるけど。ちょっと見た目が変わった人でね。おでこが広くて、わし鼻で、髪の毛を肩まで伸ばしているのよ。十年たって白髪は増えていたけれど、髪型は変わってなかったわ。この春、東京から戻ってきたんだって」

　ママはまったくふつうにしゃべりながら、洗濯物をたたんでる。でも、わたしは……。全身の皮膚がビリビリしてる。

「ママ。その人の名前……、大河原？」

「そうそう、大河原さんよ。ミオン、どうして知っているの？」

「え？　ああ、このあいだ、奏君のおじちゃんが、広島に帰ってきたっていう、ライオン頭の音楽評論家の話をしていたから。その人の名前が大河原だった」

「音楽評論家？　そんな仕事をしているの？　音楽の先生をしていたのは知っていたけれど」

びっくりだ。怪人とおじいちゃんが友だちで、一緒にギターを習っていたなんて。

だから、怪人の家でわたしが名前を言ったとき、おじいちゃんの孫だってわかって、驚いたんだ。だったらどうして、もう来るなって言ったの？　どうしてギター工房で、桜井って名乗っているの？　それに、おじいちゃんが檀上先生から預かったギターを、怪人が持っているのは、なぜ？

「ミオン、どうしたの？　はい、これ。二階に持って上がって」

わたしは、きれいにたたまれた洗濯物を、両腕で抱えた。


次の日の朝、げた箱で上靴に履き替えていると、奏君が来た。今にも「おはよう」って言いそうな顔をしている。わたしは目をそらして、走って校舎に入った。

休憩時間も、二回廊下ですれ違った。でも、わたし、また目をそらしちゃった。火曜日も、水曜日も……。そのうち、奏君も怒ったような顔になって、わたしのほうを見なくなった。

どうしよう。わたし、何してるんだろう。奏君が、わたしのことを気にしてくれているのはわかってる。宮島にも付き合ってくれたのに……。

このまま、わたしたち、話をしなくなるのかなあ。もう友だちじゃなくなっちゃうのかなあ……。

金曜日。奏君と一言もしゃべらず、今週が終わった。

——ミオン、おかえり。晩ご飯作っておいたよ。今夜は予約でいっぱいだから、遅くなるかも。先に寝ていて。

テーブルの上にママのメモが置いてある。

リビングは、むっと暑い。窓を開けて、ランドセルをおろすとソファーに座った。

窓から涼しい風が入ってきて、白いカーテンをふくらませている。

「宿題でもしようかな」

ランドセルから算数ドリルを出して、テーブルの上に置いた。

三年生の秋までは、学校から帰ると、すぐギターを弾いていた。「宿題が先よ」って、ママに怒られていたっけ。

奏君も、よく遊びに来てたな。わたしが練習曲を弾くのを、お菓子をつまみながら、ずっと聞いていた。奏君のおばちゃんが、「チェロの練習の時間よ」って、呼びに来たこともあった。

奏君、どうしているんだろう。怒っているかなあ……。

そうだ。怪人とおじいちゃんが友だちで、一緒にギターを習っていたって、まだ伝えていない。言いに行こうかなあ、奏君ちに。

わたしは歩いて、奏君の家の前までやって来た。石段を一つ上がって、チャイムに手を伸ばした。

あっ、二階の奏君の部屋から、チェロの音が聞こえてくる。そうか、もうすぐ発表会だ。この曲を弾くのかなあ。去年弾いていた曲よりむずかしそう。わたしの知らない曲だ。低い音がよく響いて……、奏君、なんだかうまくなってる。

……やっぱり、帰ろう。わたしはチャイムから手を離(はな)すと、家に向かって歩き出した。

4

土曜も、日曜も、雨が降り続いた。わたしは一歩も外に出ず、どんよりした気分で、家にいた。

あの洋館で、怪人が弾くギターの音が……、ラグリマが聞こえてきてから、どうしてって思うことばかりだ。でも、まだ何もわからない。

それに、わたし、気がついたら奏君のことを考えていて、ため息ばかりついている。

月曜日。夕方から晴れの予報だったのに、下校時間になっても、まだ小雨が降っている。きょうは奏君の姿を見なかった。わたしに会わないようにしているのかも。

「ただいま」

「おかえり、ミオン」

きょう、ママは仕事がお休み。リビングに入ると、シチューの匂いがする。

「あれ、ママ、今から仕事なの？」

ママはオルケスタに行くときの、黒いズボンをはいている。

「そう、パーティーの予約が入ったから、二時間だけ仕込みを手伝ってって、絵美が言ってきたの。それより、ミオン。きょう、大河原さんから電話があったわよ」

「え！　怪……じゃなくて、大河原さんから？」

「ミオン、大河原さんの家に行ったんだって？」

「ん？　うーん……」

「ミオンが、おじいさんが持っていたギターのことを聞きに来たけど、ちゃんと答えずに帰してしまったから、もう一度話を聞かせたいって」

「え？　大河原さんが、そう言ったの？」

「ミオン、どうしてそんなことを聞きに行ったの？　いつ、行ったの？」

「えっと……、おととい？　いや、いつだっけ？　ママが、おじいちゃんと大河原さんが子どもの頃、一緒にギターを習っていたって言ったから……、えっと、おじいちゃんは、どんなギターを持っていたのかなって……」

「そんなことに、興味があったの？　聞きに行くんなら、ママに言わなきゃだめじゃない」

「うん」

「それで、大河原さんが、夕方ママと一緒に家に来てくれないかって。ママは何のことかわからなかったけど、行きますって言ったのよ。大河原さんの家は、電車通りの手前の、細い道にある洋館でしょ？」

「ママ、知ってるの？」

「前に、そのあたりをパパと一緒に歩いていたときに、ここが大河原さんの家だって、教えてくれたことがあるの」

「え？　パパ、家を知ってたの？」

「ミオンは、どうして知っていたの？　大河原さんの家を」

「あっ、えっと、年賀状を探して、住所を見て探して……」

「でも、きょうはママ、行かれなくなったから、別の日にしてもらおうと思って。あら、電話番号を聞かなかったわ。年賀状に書いてあるわよね。ミオン、どこだったかしら？」

ママは、クローゼットを開けて、はがきケースを探している。

わたしは、胸がドキドキしてきた。

怪人は、今からわたしに、話そうとしてくれているんだ。おじいちゃんが、檀上先生から預かったギターのことを。

「ママ！　わたし、一人で行ってくる」

わたしは、思わずさけんだ。

「え？　ミオン、一人で？」

ママは、まだクローゼットをのぞき込んでいる。そうだ、ママは、わたしと奏君が宮島に行ったことを、まだ知らないんだった。ママが一緒に行ったら、きっとバレちゃう。

「わたし、今から、おじいちゃんのギターのこと、聞きに行ってくる」

ママはやっと、わたしのほうに顔を向けた。

「ミオン、ママが一緒に行かなくても、大丈夫なの？」

「うん、大丈夫」

わたしの胸のドキドキが、空にのぼっていくような気がした。


傘の柄を握りしめて、わたしは怪人の家の門に立った。まだ霧雨が降っている。ツタがはいあがっている灰色の壁が、雨に濡れて、いっそう気味悪く見える。

玄関まで敷かれた、じゃりを踏みしめ、わたしはポーチに立った。傘を閉じて、フーと息をはくと、チャイムを押した。

ピンポーン。家の中で響いているのが聞こえる。そして、ドアが開いた。

「こ、こんにちは」

わたしは、目の前の怪人の顔を見上げた。怪人の目は、わたしの頭の上を通り越して、外を見ている。

「お母さんは、一緒じゃないのか？」

「あの、急に、仕事になって。だから、わたし一人で来ました」

怪人はためらっている感じだったけれど、すぐに「どうぞ」と言って、中に入っていった。

「おじゃまします」

わたしは、しずくのたれる傘を壁に立てかけ、ドアを閉めた。

玄関ホールは、つーんと古い家の匂いがする。げた箱の上には、どこかの国の町を描いた風景画が飾ってある。

わたしはスリッパをはき、怪人のあとについて、階段の右手にある部屋に入った。

がらんとした板の間に、椅子が三つ、丸く並べてある。

正面にある出窓のむこうには、くぼんだレンガの塀が見える。窓の下には、譜面台と、足台と、あっ、あのギターケースが、寝かせて置いてある。

怪人は椅子に腰かけながら、斜め前にある、背もたれのついた丸い椅子のほうに、どうぞ、というように手をさし出した。

怪人のむこうには、床までの大きな窓があり、右の壁ぎわにある背の高い本棚には、難しそうな本が、ぎっしり並んでいる。

わたしは、椅子に腰かけた。

怪人は、大きな窓の外を見つめていたけれど、やっと、わたしのほうに顔を向けた。

「柿川ギター工房に行ったそうだな。小学五年の子どもが、宮島まであとをつけて来ていたとはな」

奥まった目は、わたしをにらんでいるけれど、大きな口は皮肉っぽく笑っている。

わたしは、言葉が見つからなくて、ギターケースを見つめていた。

「お母さんは、知っているのか？　あのチェロの少年と、二度も宮島に行ったことを」

わたしは、首を横に振った。

怪人は、大きなため息をついて、言った。

「きのう、宮島のギター工房に行ってきた」

「え？　柿川さんのところへ？」

「そうだ。本当のことを言ってきた。わしは、桜井幸介ではない、幸介は十年前に亡くなった、と。そして、なぜわしが、檀上先生のギターを持っていたのかということもな」

　怪人は立ち上がった。そして、傷だらけのギターケースを抱えると、わたしと怪人の間に寝かせて置き、椅子に深く腰かけた。

「わしが、このギターを弾いているときに、君が突然現れた。しかも、ラグリマを弾いているときにだ。わしは、驚いた。動揺した。だが、ついにそのときがやって来た、とも思った。七十五年間、隠し持っていた想いを、やっと語れる相手が現れたのだと」

　怪人が、今から何を話そうとしているのか、わたしにはわからない。でも、それは遠い昔の話でも、遠い場所の話でもないという感じがした。

「わしが幸介と出会ったのは、昭和十七年の夏だった。わしらは、国民学校、今の小学校四年生、九歳だった」
怪人は、語り始めた。

*

あの頃の広島は、戦時中ではあったが、まだ町の商店街はにぎやかで、いつも人があふれていた。デパートもあれば、映画館もあった、大きな講堂で、クラシックの演奏会も行われていた。

わしはギター好きの父親に勧められて、四年生に上がってすぐに、クラシックギターを習い始めた。それが、檀上先生だ。

檀上先生は、落ち着いた、品のある人だった。東京でギターの演奏やレッスンをしていたそうだが、家業を継ぐために広島に帰り、日曜日だけ家でギターを教えていた。

わしは、特にギターが好きというわけではなかったが、先生はとても熱心に、ていねいに教えてくれ、すぐにギターを弾くのが楽しくなった。

先生の家に通い始めて四ヶ月たった頃、幸介がやってきた。わしより背が低く、丸顔の素直そうな子だ。通りがかりに聞こえてくるギターの音が好きでたまらなくて、両親に頼み込んで、安いギターを買ってもらい、習いに来させてもらった、と言っていた。

わしらは同じ学年だったから、檀上先生は日曜の午前中、わしら二人を続けてレッスンし、お互いのレッスンを見学させた。

幸介の家は、わしが渡って帰る橋の手前にあった。レッスンが終わると、わしらはギターをさげて幸介の家まで一緒に歩いた。幸介は、純粋でまっすぐな子だった。わしは、幸介にならで不思議と何でも話せた。家族のことや学校の友だちのこと、もちろん音楽のことも話した。それがうれしかった。わしらは、学校の友だちとはまったく違う、音楽でつながった親友となった。

檀上先生がいつも弾いているギターは、広島に帰ってきてから、腕のいいギター職人に、オーダーメイドで作ってもらったと言っていた。それが、このギターだ。そして、レッスンが終わると、時々わしらに演奏を聞かせてくれた。

先生の演奏は、温かみがあった。一音一音大切に響かせ、深い音色は心にしみた。

先生はよく、ラグリマを弾いてくれた。わしも幸介も、この曲が大好きだった。先生がラグリマを奏で始めると、一瞬のうちに空気が澄みわたり、せつなくも、やさしいメロディーに、心が包まれるようだった。

幸介のギターの上達は早かった。半年もしないうちに、わしが取り組んでいる練習曲が弾けるようになり、そのうち、わしがうまく弾けない曲まで、表現豊かに弾きこなすようになった。

幸介には、わしにはない才能があるのだと気づいた。わしもがんばって練習しているのに、不公平だと思った。幸介が、先生にほめられるのを見るのが嫌だった。だが、わしは平気なふりをしていた。

昭和十九年になると、戦争が激しくなり、若者たちは次々に戦地にかりだされた。そして、三十歳を超えた檀上先生も、ついに戦地に向かうことになった。

『君たちの先生は、お国のために戦いに行けるのだから、喜んであげなさい』という大人もいたが、わしらには、そう思うことなど到底できはしなかった。

檀上先生は、戦争に行く数日前に、ギターを持って、幸介とわしを宮島に連れていった。ギターを作ってくれた職人に、糸巻きを調整してもらうと言っていた。わしらは、連絡船で宮島に渡り、石段を登って、柿川ギター工房の前に着いた。格子戸の上の、筆書きの木の看板は、その当時からあった。

中に入ると、先生より少し年上の職人が、奥の作業場から出てきた。気難しい雰囲気は全くなく、にこやかにわしらを迎えてくれた。

先生と職人が作業場にいる間、わしと幸介は、表にいるように言われた。工房の前の小道に出てみると、紅葉の始まった木々や、商店街のかわら屋根、そのむこうには穏やかな瀬戸の海、対岸の町と山も見えた。戦時中とは思えないほど、のどかな景色だった。

しばらくして、わしらは檀上先生に呼ばれ、工房に戻った。玄関口の応接間に、磨かれてつやを増したギターが置かれていた。

先生はわしらを座らせると、初めて見るけわしい顔でギターを手に取り、こう言った。

『残念だが、君たちに演奏を聞かせるのは、これが最後かもしれない。この曲は、世界中で弾かれている。世界中に、ギターの小さな音を愛する人たちがいるのだ。そんなわれわれが、なぜ銃や爆弾の大きな音を響かせ、お互いに殺し合わなければならないのか……。もしわたしが生きて帰れなくても、君たち二人はもっと練習し、君たちのやさしさを込めた演奏を……、人の心に伝わるようなていねいな演奏を、たくさんの人に聞かせてあげなさい』と。

先生が弾き始めたのは、ラグリマだった。その、心の底に語りかけるような先生の演奏を、わしは涙をぬぐいながら聞いていた。幸介は、ひざの上でこぶしを握りしめていたが、そのこぶしは、涙で濡れていた。

そして、先生は言った。『幸介、このギターを、君に預ける。わたしが戻らなかったら、君がこのギターを弾き続けなさい』と。幸介は驚いたようだったが、すぐに『はい』と答えた。

幸介は、わしより素質がある。だが、檀上先生にギターを習い始めたのは、わしのほうが先だ。わしは、先生を慕っていた。ただただ、……悔しかった。

しかし、幸介が大切な親友であることには変わりなかった。わしらは、日曜日にはいつも、幸介の家でギターを弾いた。だが、それも長くは続かなかった。ギターを持って歩いていると、軍服の男に、こんな非常時にギターを弾いて遊ぶとは何事か、と楽器を取り上げられそうになった。幸介の両親も、ギターの音が外に聞こえるのを心配した。わしらは、音は出せなくとも、檀上先生が譲ってくれたギターの教本や、クラシック音楽の本を見ながら過ごしていた。

幸介は、檀上先生のギターをケースにしまって、机の上に置いていた。わしは、うらやましかったが、幸介の前で、触ろうとは思わなかった。

幸介も、まだ弾いてみたことはないと言っていた。先生は必ず戻ってきて、またこのギターを奏でてくれる……、幸介はそう信じていた。

昭和二十年の春、わしらは十二歳。旧制中学の一年になった。ますます戦争が激しくなり、授業はほとんどなく、八月になっても、夏休みはなかった。わしの学校の生徒は、戦争に行った大人たちのかわりに、毎日、戦闘機の部品を作る工場で、ジュラルミンの板をたたいて曲げる仕事をさせられていた。

八月六日の朝、わしは鉛筆を削るナイフで指を深く切ってしまい、工場を休んで家にいた。

八時十五分、突然あたりがピカッと真っ白に光り、ドーンというすさまじい音と一緒に飛んできた雨戸に、わしと母親は押し倒された。しばらくたって、雨戸を押しのけ、縁側にはい出ると、良く晴れていたはずの空が薄暗い。誰かが、『爆弾が落ちた、山手川のむこうは火が上がっている』と叫んでいる。

すぐに幸介のことが心配になった。わしの家は山のふもとだが、幸介の家は山手川、今の太田川放水路のすぐむこうだ。わしは居ても立っても居られず、母親が止めるのを振り切り、家を飛び出した。

山手川の土手に上がると、町の中心部は煙でおおわれている。いつも渡る橋は、まだ先だ。わしの目の前には、電車の鉄橋がかかっている。ところどころ枕木が火をふいていたが、ここを渡れば近道だ。わしは鉄橋を渡り始めた。

レールに沿って枕木の上を歩いて行くと、むこうから、すすにまみれた、隣町の中学校の男の子が渡ってきた。制服の片方の袖はちぎれ、真っ赤になった肩と腕がむき出しになっている。ズタズタにやぶれたズボンからも、赤黒い血にまみれたももとひざがのぞいている。枕木の上を一歩一歩、よろけながらこっちに向かって歩いてきて、赤くふくれあがった顔でわしを見ると、そのまま崩れるように、川に落ちていった。川を見おろすと、人がたくさん浮いていた。

わしは、ただ一心に幸介の家に急いだ。川を渡り、あちこちで燃え上がる赤い炎と黒い煙の中を、どう進んだか憶えていないが、気がつくと、わしは幸介の家の前に立っていた。

屋根のかわらは崩れ落ち、ほこりと土壁の臭いが立ちこめている。家の中に入ると、床はがれきで埋もれ、窓ガラスは枠ごと吹き飛んでいた。部屋の中に入って、幸介の名前を呼んだが返事がない。

そのとき、わしは見つけた。幸介の机の上で、割れた窓ガラスに埋もれた檀上先生のギターケースを。『火が迫ってるぞー。逃げろー、逃げろー』と、誰かが外で怒鳴っている。わしはとっさにケースの取っ手を握ると、部屋から飛び出した。

家にたどり着くと、ギターケースにガラスの破片がいくつも食い込んでいるのに気がついた。わしの包帯を巻いた指も、足もからだも服も、すすと血で赤黒く汚れている。家の中はものが散乱し、工場に出ていた姉も、額から血を流して帰ってきた。ようやくギターに触れたのは、その日の夜だ。

ケースの表に食い込んだ、いくつものガラスの破片を、軍手をはめて一つずつ抜いていき、やっと留め金をはずして、ふたを開けた。

信じられなかった。檀上先生のギターが……。弦は切れて縮れ、つやのあった表面は、焼けただれたように、ぶつぶつと汚く盛り上がっている。取り出してみると、裏の板が反ってはがれ、口が開いている。

もう楽器ではない。ギターの形をしているが、それはただの醜い箱だった。

次の日、もう一度幸介の家に行ってみた。家があった場所、と言ったほうがいいかもしれない。あたり一面焼け野原で、まだところどころ煙が上がっている。

幸介は、家の焼け跡の前に、ぼんやりと立っていた。わしが声をかけると、『ああ、哲治郎、無事だったか』と微笑んだ。幸介は、母親と一緒に山手川を渡り、親戚の家に逃げたと言った。きっと、わしと行き違いになったのだろう。

幸介は、焼け崩れた家を見つめ、黒く汚れた頬に涙を流しながら、ぽつりと言った。『焼けてしまったよ。檀上先生のギターが……』と。

わしは、言えなかった。持って帰ったとは、言えなかった。もし、言ったとしても、どうなる？　あんな姿に変わってしまった檀上先生のギターを、幸介に見せたからといって、どうなる？　わしは何も言えず、ただ一緒に立ち尽くしていた。

＊

怪人は、しばらく黙りこんでいた。うつろな目で、遠くを見つめている。

わたしは、あたりの家が全部焼けて、くすぶっている臭いを想像した。今、わたしの家があるところも、わたしの学校があるところも、路面電車から見える景色も、あの日全部、焼け野原になったんだ。

学校の平和学習では、何度も聞いた話なのに、今、急にこわくなってきた。わたしが今、住んでいるこの場所で、たくさんの人が……大人も子どもも、学校の生徒も、赤ん坊もみんな、大やけどをしたり、家や校舎の下敷きになったり、放射能を浴びたりして、死んでいったんだ。

そこに、ほんとうにいた、おじいちゃんと、怪人……。焼け野原に立ち尽くしている、二人の少年の姿。

七十四年前の、その場面の中に、わたしもすっぽり入り込んでいた。

「雨がやんだな」

怪人の声で、はっと今のわたしに引き戻された。

怪人は立ち上がって、大きな窓から外を眺めている。いつの間にか、塀のむこうの空は、うっすら明るくなっている。怪人は、また椅子に戻って話を続けた。

＊

檀上先生の戦死の知らせが届いたのは、戦争が終わってまもなくだった。わしの学校の先生も、同級生も、原爆でたくさん死んだ。わしらも生きていくのに精一杯だった。わしらが、またギターを弾くようになったのは、それから五、六年たってからだ。その後、幸介は銀行に就職し、わしは高校の音楽教師になった。大人になっても二人でギターを弾くことはあったが、わしも幸介も、檀上先生のギターの話をすることは一切なかった。

幸介は結婚し、わしは親戚が建てたこの家に、妻と住み始めた。あのギターは、階段下の物置にしまったまま、一度も取り出すことはなかった。嫌な思い出を、無意識のうちに忘れようとしていたのかもしれない。そのうち、そこにあることさえ忘れていた。

わしは早くに妻に先立たれ、高校を定年退職後に、以前から誘いのあった東京の大学で、スペイン音楽を教えていた。

十年前、幸介が亡くなったという電話が、君のお父さん、直也君からあったとき、わしは東京に住んでいた。広島に帰ったのは、その一週間後だった。直也君とお腹の大きな奥さんが、わしを迎えてくれて、線香をあげさせてもらった。そう、そのとき、君はお母さんのお腹の中にいたんだ。幸介は、まだ七十六歳だった。もう少し生きていれば、孫の君に会えたのにな。

その日、この家に帰ってくると、どこからかギターの音が聞こえた。気のせいだと思ったが、耳を澄ますと、確かに聞こえてくる。さみしげな音色が、階段下の物置から……。

……ラグリマ……。

はっと記憶がよみがえった。檀上先生のギターだと。

物置を開けると、音はやんだ。物をどけながら、奥のほうを探すと、あった。あのギターケースが。わしは積もったほこりを払い、さびついた留め金をこわさないよう、何とかはずして、傷だらけのふたを開けた。

あの日、ぶつぶつに焼けただれていた表面の板は、そのまま干からび、糸巻きはさびつき、弦は粉々に散らばっている。持ち上げてみると、裏の板は、あの日よりさらに反り返り、脇は大きく口を開けている。

どうして音が聞こえてきた？　幸介の死を悼んでいるのか。幸介に奏でてもらいたかったか……。もう一度、楽器として音を響かせたかったのか。

わしは、何十年も暗い物置にギターをしまったまま、ふたを開けることもなかった。どうしてもっと早く、元の姿に戻そうとしなかったのか、わしは悔やんだ。

次の日、わしはこのギターを持って、宮島に行った。ギター工房は、六十四年前と同じ場所にあった。二代目の七十歳くらいの職人と、その息子がいた。わしはギターを見せ、戦前にここで作ってもらった檀上先生のギターだと言うと、『ああ、あなたが桜井さんですね』と言われた。『あなたの話は、一代目からよく聞いておりました』と。返事ができずにいると、二代目も息子も、わしを「桜井さん」と呼んでいる。わしが、違うと言うとしても、どう説明すればいいのか……。そのときは、このギターを直してもらうことが先だった。それが、あの工房で桜井と呼ばれるようになったいきさつだ。

*

怪人は、わたしのほうを見ることもなく黙り込み、長いため息をついた。
「その後のことは、君が工房で聞いた通りだ。修理は無理だと言われたが、頼み込んで、一年かけて直してもらい、楽器としてよみがえらせた。それから、わしは物置に閉じ込めていた時間を取り戻すように、このギターを弾いた。檀上先生のギターを、自分のもののように弾いた。だがそれは、幸介に対して後ろめたかった。檀上先生のギターを持っていることを、幸介が死ぬまで隠していたのだから……。このギターがまた音を取り戻しても、誰かに演奏を聞かせることはなかった」

怪人は、静かに息を吐いた。

「あれは三年前の夏、東京から広島に三週間ほど帰っていたときのことだ。わしがここで、このギターを弾いていると直也君が訪ねてきた」

「え？　パパが？」

「そうだ。ここを通りかかったら、ギターの音が聞こえてきたから、大河原さんが帰っていると思って、と。わしは、直也君にこの部屋にあがってもらった。何十年振りかにな」

「何十年振りって？」

「直也君が小学生だった頃、幸介がよくここに連れてきていた」

「パパが、ここに来ていたんですか?」

「直也君は、子供(こども)用のギターをさげてきた。なかなか、うまかった。堂々(どうどう)と弾(ひ)いていたな」

わたし、知らなかった。パパは怪人(かいじん)のことを、小さい頃(ころ)から知っていたんだ。

「直也君とは、ここで三十分ほど話をした。小学二年の君のことも話していたな。休みの日に、娘(むすめ)にギターを教えるのが楽しいと言っていた。娘(むすめ)はよく練習をするから、どんどん上達する、とな。帰(かえ)り際(ぎわ)に、直也君はふたを開けたままおさめてあるこのギターに気づいて、それも大河原さんのギターですか? と聞いた。わしは、ドキッとした。とっさに、ああ、と答えてしまった。直也君は、まだ何か聞きたそうだったが、そのまま部屋の外に出た。わしは、その瞬間(しゅんかん)、本当は君のお父さんのギターだ、と言うべきか迷(まよ)ったが、そのときはまだ、心の準備(じゅんび)が出来ていなかった……。もし、今ここで君に話したように、直也君にすべて話していたら……、幸介のギターを黙(だま)って持っていてすまなかった、とあやまっていたら、君のお父さんは何と言っただろうな」

わたしは、すぐには、答えられなかった。もし、パパだったら……。

怪人はギターケースを見つめたまま、しばらく黙っていたけれど、何かを決めたように、わたしの顔を見た。

「これは、君のおじいさんのギターだ。これを、君に返そう」

「返す？　返すって、どういうことですか？」

「このギターは、君のものだ。これからは、君が持っていてくれ」

わたしは驚いたのと同時に、だんだんお腹の底から、悲しくて悔しいような気持ちが渦巻いてきた。

「大河原さん！」

わたしの口から、自分でもびっくりするような大きな声が出た。

「このギターで、檀上先生の想いを奏でられるのは、大河原さんだけです。このギターは、大河原さんに助けられたから、今また音を響かせているんです」

怪人は顔をあげ、まっすぐ窓の外を見つめている。

「大河原さんだから、伝えられることがあると思うんです。原爆でこわされて、弾けなくなった檀上先生のギターが、せっかくまた、きれいな音を奏でられるようになったのに。どうして、大河原さんは、そんなギターの響きを、たくさんの人に聞かせてあげようって思わないんですか？」

気がつくと、わたしの指先はピリピリ震えて、胸が息苦しくなっていた。

怪人は、急に、弱々しくて頼りないおじいさんの顔になった。そして、大きな口の両はしをかすかに上げて、微笑むように言った。

「わしが弾いてもいいんだろうか……」

わたしは、自分の言葉を確かめながら、答えた。

「大河原さんに、弾いてほしい。……空の上の檀上先生も、おじいちゃんも、パパだって喜ぶと思う」

怪人はうつむいたまま、一度、二度うなずくと、椅子から立ち上がった。そして、窓ぎわに近づくと、その大きな窓を開けた。新しい空気が、部屋の中に流れ込んだ。

「日が差してきたな」

しばらく、怪人も、わたしも、何も言わなかった。

「さあ、もう帰りなさい。お母さんが心配する」

怪人は振り向くと、そう言った。

「あのチェロ少年によろしくな」

「え？」

「土曜の夕方、塀の前にいたぞ。雨の中でチェロを背負って、うろうろしていた。そこで何をしている？ と聞くと、逃げようとしたが、すぐ立ち止まって、わしを見上げて震えながら言った。ぼくたち、ギター工房に行ったんです、どうしてミオンのおじいちゃんのふりをしているんですか、と。わしが、なぜ君に答えなければならないのかと言ったら、顔を真っ赤にして、ぼくに答えなくてもいいから、ミオンに説明してやってください、と。このままじゃ、わからないことばっかりで、ミオンがかわいそうだ、とな」

奏君が、そんなことを……。

「だから、きょう、わたしに？」

怪人は、それには答えず、続けて言った。

「君は、今、ギターを弾いてないそうじゃないか。すごくうまかったと、あの子が言っていたぞ。いい友だちだな、彼は」

わたしは、黙っていた。

「直也君が亡くなったことは、本当に残念だが、それで君がギターにふたをすることはない。直也君は、君にギターを弾いてほしいと、空の上で思っているんじゃないのか？　君の中では、もう準備ができているんだろ？　あとは、自分でふたを開けるだけじゃないのか？」

怪人を見つめたまま、わたしは何も言えなかった。怪人の顔に、雨上がりの夕日があたって、それは部屋の中にも差しこんでいる。ギターケースにも。そして、わたしの胸の奥にも……。

5

家に帰ると、ママは、まだオルケスタから戻っていなかった。

わたしはリビングの電気をつけると、ソファーに座った。目の前の本棚にある、二つの写真立て。おじいちゃんの隣で、パパがやさしく笑ってる。

パパのギターは、紺色のケースに入ったまま、ママの部屋に置いてある。

わたしのギターは、わたしの部屋のベッドの下。オレンジ色のケースに入ったまま、二年近く……。暗いケースの中で、音も出さないまま……。

わたしは、自分の爪を見た。左手の爪、全部短く切ってる。右手の爪、ちゃんと長めに切りそろえてる。ちっちゃいときからの習慣なんだ。

わたしは立ち上がった。

ベッドの下から引っ張りだしたギターケースを持って、リビングに降りた。ちっと

もほこりをかぶっていない。もしかしたら、ママが拭いてくれていたのかも。

ケースのファスナーを両側にひいて、ふたを開けた。ふわっと木の香りがする。久しぶりに見るギター。なんだか小さく感じる。

ギターをひざの上に置いて、ケースのポケットから、折りたたんだ足台、チューナー、四角に切った紙やすりを取り出した。足台を組み立てて、左足をのせ、弦を一本はじいてみる。ぼわーんとなんだか寝ぼけた音。音が合ってないんだ。でも、弦はきれい。

そうか、パパが新しい弦に張り替えてくれて、まだ五日しか弾いてなかった。

パパ……、今度オルケスタで、ミオンと二重奏をしようって、楽譜も買ってくれて、わたし、一生懸命練習していたのに……。

目の奥が、熱くなってきた……。

そうだ、ちゃんと爪を磨かなきゃ、汚い音になるって、パパがよく言ってた。紙やすりで、右の親指から薬指まで爪を磨いてから、ヘッドにチューナーをはさんで、六弦から一弦まで音を合わせた。

まず、音階練習だ。左の指で弦を押さえ替えながら、右の指で順に弦をはじいていく。
指の動き方がぎこちない。久しぶりだから、仕方がないか。
基本の練習曲を、弾いてみた。何曲も弾いてみた。ちゃんと指は憶えてる。でも、
何か違う。なんだか曲になっていないみたい。前は気持ちよく弾けていたのに……。
わたし、へたになっちゃった。
ギターをケースに戻すと、ソファーの背にもたれかかり、両手で顔をおおった。

「ただいま」

ママが、リビングに入ってきた。

「あっ、おかえり……」

「まあ、ミオン、ギターを弾いていたの?」

ママは入り口で立ち止まって、びっくりしたような目で、わたしを見ている。その
目は、すぐに赤くうるんで、ママの口が、「ああ、良かった」とつぶやくように動いた。

ママが、わたしに、ギターを弾いてほしいって思っていたのは、わかっていた。でも、ママ、一言も口に出して言わなかった。

「弾いてみたけど、でも、前みたいに弾けなかった」

わたしは、泣きたいのをがまんして言った。

ママはバッグをおろすと、わたしの横に腰かけた。

「当たり前じゃない、二年近く触ってなかったんだから。これから練習すれば、どんどん思い出して、前みたいに弾けるようになるわよ」

「そうかなあ」

「大河原さんから、おじいちゃんのギターの話を聞いたの？　それで、ミオンも……」

「うん。なんだか、弾きたくなった」

「そう、良かった」

「でも、へたになってた。もう、忘れちゃったのかもしれない」

「そんなことはないわよ。ミオンは、幼稚園に通っている頃から、パパに教えてもらってたのよ。大事なことは、しっかり覚えているはずよ」

「でも……」

「パパだって、就職してからは、忙しくて弾けない時期もあったけど、また弾き始めたら、大学のときみたいに、もしかしたらそのときよりもっと、味のある演奏をしてたわよ」

「ママは、パパが大学の頃の演奏を、聞いたことがあるの？」

「パパは、ギタークラブの先輩だったのよ、ママはあまり弾けなかったし、聞くほうが好きだったけどね。パパの演奏はね、そうね、ほかの人と一味違ってたの」

「どういうふうに？」

「うまく言えないけど。結婚して、この家でおじいちゃんの演奏を聞いたら、そっくりだと思ったの。なんて言うか、カッコつけたり、派手な演奏をしようとしないっていうか。自分だけ楽しむんじゃなくて、曲を通して、何かを人に伝えようとする弾き方っていうのかしらね。たぶん、それは、パパがおじいちゃんに教わって、おじいちゃんは先生から教わったんだと思うの」

「ふーん」

「ミオンも、それをしっかり引き継いでいると思うよ。そうでなけりゃ、パパがオルケスタで一緒に弾こうなんて言うはずないもの。いくら自分の娘でも、お客さんに聞かせる演奏ができなけりゃ、人前に出さないわよ」

「でも、今、全然弾けない……」

「それは、これからじゃない。大丈夫よ。さあ、ミオン、お腹すいたでしょ。シチューを温めようか」

ママは、わたしの頭に手を置いた。

次の日、わたしは学校に行くとき、奏君の家の前を通ってみた。雨に濡れた歩道が、朝日を浴びてきらきらしている。奏君、もう家を出たかな。いつも遅刻ギリギリだから、まだかもしれない。

「行ってきまーす」

どうしよう、奏君が玄関から出てきた。わたしは、門の柱に隠れると、息をととのえて、そこから普通に歩き出した。

「あっ」

後ろで、奏君の声がした。でも、話しかけてこない。わたしは、なんとなく振り返ったふりをした。

「あれ、奏君。おはよう」

「ああ、おはよう」

奏君はふくれっ面でそう言うと、仕方なさそうに一緒に歩き出した。わたしは奏君の顔をチラッと見てから、前を向いて言った。

「きのうね、わたし、怪人の家に行ってきた」

「え？　怪人の家？」

「うん。話したいことがあるって、電話がかかってきたから」

「電話が？　で、ミオン、あの洋館の中に一人で入ったの？」

「うん」

「えー、そうなんだあ」

奏君の口が、半分開いている。

それから、わたしは学校に着くまでに、怪人から聞いたことを奏君に話した。

どうして、怪人が檀上先生のギターを持っていたのか、どうして工房で桜井さんと呼ばれていたのか……。全部、話した。

奏君はずっとうつむき加減で、「ふーん」とだけ言って、聞いていた。そして最後に、

「その檀上先生も、ミオンのおじいちゃんも、怪人も、それにあのギターも、みんないろんな思いをしてきたんだなあ」ってまじめな顔で言った。しばらく、わたしも奏君も、黙って歩いた。

学校の門が見えてきた。あっ、チャイムが鳴ってる。門の前で「急ぎなさーい」って、

四角い頭の教頭先生が、赤鬼のような顔で叫んでいる。

「えっ、遅刻なの？」

「やばい！　先生の頭に、角がはえそう」

わたしと奏君は、顔を見合わせてプッと吹き出すと、一緒にダッシュした。

「ああ、間に合った」

わたしたちは、げた箱まで走ると、急いで上靴に履き替えた。奏君は、かがんだときに、ランドセルの中から筆箱と教科書が飛び出してしまって、拾って入れ直すのに手間取っている。

「奏君」

「なに？　あーあ、筆箱の中身まで散らばってる」

「土曜の夕方のことだけど」

「土曜？　もう、ランドセルのふた、ちゃんと閉めたはずなのになあ」

「あのね……」

「なに？」

「ありがとう」

「え？」

「じゃあね」

わたしは奏君を置いて、校舎の入り口に駆け込んだ。


わたしは、学校から帰ると、毎日ギターを弾いた。でも、なかなか前みたいに、楽しく弾けない。弦を押さえる左手の指先が痛くて、びりついた音を出してしまう。指先の皮が厚くなるまで、ちゃんと押さえられないかも。右手の指も、変な力が入っているみたいで、違う弦をはじいてしまう。

なんだか、わたし、無理やり弾いている気がする。

そして、奏君のチェロの発表会の日がやって来た。今、黄色いドレスの女の子が、会場のステージで弾いている。次は、奏君の出番だ。なんだか、わたしまで緊張する。

奏君がチェロを持って出てきた。サスペンダーのついた黒のズボンに、黒いピカピカのエナメル靴。白いシャツに、蝶ネクタイ。チェロを構えて、先生のピアノ伴奏に耳を澄ましてる。奏君のチェロから、深くてきれいな音が、空気を震わせながら、ホールいっぱいに響き始めた。奏君、物語を奏でているみたい。お客さんもじっと聞いている。

奏君、うまくなった。先生に怒られてばっかりって言っていたけど、去年の演奏と全然違う。力強いところも、甘い感じのところも流れるように弾いている。素質がないとか言ってたけど、コツコツまじめに練習していたんだ。

演奏が終わった。奏君が、チェロを持って立ち上がった。満足そうな顔でおじぎをしている。

胸の奥が、きゅっと縮んだ。わたし一人、暗い道の途中に置いていかれた感じ。奏君は、ずっと先の明るいところを歩いている……。
拍手が終わらないうちに、わたしは立ち上がって、会場を出た。

6

梅雨入りしても、晴れの日が続いていたのに、きょうは朝からずっと雨が降っている。

夕方、リビングで宿題をしていると、玄関のチャイムが鳴った。

「ミオーン。ぼく」

なんだ、奏君か。わたしは、ドアを開けた。

「どうしたの？」

「ニュース、ニュース。あがっていい？」

奏君は、返事も聞かずに、傘をふるって傘立てに突っ込んだ。リビングに入ると、
テーブルの上に広げた、わたしの漢字ドリルをのぞき込んでいる。

「ミオンって、昔っから、字がへただよね」

「うるさい！　勝手に見ないでよ。で、ニュースって、何？」

「ああ、そうそう」

奏君は、ソファーにドンと座った。

「父さんに聞いたんだけどね、今度、八月に音楽大学のホールで、怪人が演奏会をするらしいんだよ、あの檀上先生のギターで」

「え！　ほんとう？」

「きのう、父さんが大学に行ったときに、聞いたって。怪人から、被爆したギターで演奏会をしたいっていう話があって、大学の事務長が怪人の高校の教え子だったから、話がすぐに進んだんだって」

「すごい。怪人、あのギターの音を、みんなに聞かせてあげることにしたんだ」

「あれ？　ミオンのギターだ。オレンジ色のケース。もしかして、ギター弾いてたの？」

本棚の横に立て掛けたギターケース。今週は一度も弾いていない。

「ちょっと弾いてみたけど、なんか、うまく弾けない」

「ミオン、また弾き始めたんだ！　そうか、良かった！　ねえ、今、弾いてみてよ」

「いや！　へただから」

「そりゃ、二年も弾いてなかったんだもん。でも、ちょっとだけ、聞きたいなあ」

「弾ける気がしないもん」

わたしがテーブルの上の漢字ドリルをパラパラとめくっていたら、奏君がイライラした声で言った。

「ミオンさあ、弾いてよ！」

わたしも負けずに、大きな声で言った。

「弾けないんだって！　練習してても、どこが悪いとか、どこをどうしたらいいとか、自分じゃわかんない」

「だったら、怪人に教えてもらえばいいじゃん」

「え？　怪人に？」

「そうだよ。家も近くだし、ちょうどいい」

「いやだよ、怪人に教わるなんて」

「いいじゃん。ミオンのおじいちゃんの友だちだろ？　おじいちゃんと同じ先生にギターを教わってたんだろ？」

「そうだけど……」

「うん。やっぱり、先生は必要だと思うよ」

「でも、怪人は……」

奏君は、「あっ」と言うと、時計を見上げて立ち上がった。

「ぼく、帰らなきゃ。六時から練習するって、母さんに言ったんだ」

奏君は、わたしの顔をチラッと見ると、さっさと部屋から出ていった。なによ、奏君。ちょっと、チェロがうまくなったからって、偉そうに！

五時半だ。わたしも、オルケスタに行かなきゃ。カーディガンをはおって、玄関で鍵を取った。もう！　奏君の傘のせいで、床がびちょびちょ！　傘立てから、赤い傘を引っこ抜くと、わたしはドアをバタンと閉めた。

「オラー」

「オラ、ミオン。雨がひどいネ」

厨房の裏口から入ると、マヌエルが大きな鍋を洗っている。

「あら、ミーちゃん、スカートが濡れてるじゃない。これで拭きなさい」

絵美ちゃんが貸してくれたタオルで、服を拭いていると、ママがホールから戻ってきた。

「あら、ミオン。今ねえ、大河原さんが来られてるのよ」

「え！　怪……あの、大河原さん？」

「八月に、音楽大学のホールでギターの演奏会をするそうなの。それで打ち合わせのあと、大学の方と二人で来られたのよ」

わたしは、厨房のカウンタードアから、ホールをのぞいた。パリッとした白いワイシャツの怪人と、スーツを着た体格のいいおじさんが、食事をしながら話をしている。

椅子の横に、あの黒いギターケース。横向きに置いてある。お客さんは、ほかに二組だけ。隣のテーブルには年配の夫婦、後ろのほうでは会社員風の若いカップルが食事をしている。

「ミオン。できたよ。ガスパチョと、トルティージャのボカディージョ」

マヌエルが調理台の隅に、晩ご飯を並べてくれた。ちょっぴりニンニクを効かせた夏野菜の赤いスープと、スペイン風オムレツのサンドイッチ。わたしは、怪人のことを気にしながら、丸椅子に座った。

「ガスパチョは冷たいけど、元気が出るヨ」

「う、うん。いただきます」

わたしは、ガラスの器に入ったスープをスプーンですくった。お皿にのったパンの間から、トマトソースのついたオムレツがはみ出している。

「きょうは、予約もないし、雨も降るし、お客さん、来ないネ」

マヌエルは、流しでフライパンの底を磨き始めた。ママと絵美ちゃんは、厨房からホールをのぞきながら、小声でおしゃべりしている。

ああ、わたし、どうしよう。一人で練習するより、教えてもらったほうがいいってわかってる。今のままじゃ、いくら弾いてもだめな気がする。パパみたいに、教えてくれる人がいたらなって思う。怪人、すぐそこにいるんだ。

「ありがとうございました」

ホールから、絵美ちゃんの声がした。怪人、帰っちゃったのかなあ。ママが、お皿とワイングラスをさげてきた。

「大河原さん、帰ったの？」

「お連れさんが、先に帰られたの。大河原さんは、コーヒーを飲んで帰るって」

怪人、今、一人でいるんだ。

「そう言えば、大河原さんに、この間、話を聞かせてもらったこと、あらためて、お礼を言わなきゃね。ミオン、あとで、あいさつに行ってね」

「あとで？　うん、わたし……。今、行く！」

「ミオン、今、食べてるところでしょ?」

わたしは、かじりかけのサンドイッチをお皿に置いた。

「マヌエル、あとで食べるからね。ママ、行ってくる!」

深呼吸して、カウンタードアを開け、ホールに出た。怪人は窓ぎわのテーブルで、外の雨を眺めながら、一人でワインを飲んでいる。

わたしは、そのテーブルに近づいた。

「あの……」

「ああ、君か」

怪人は驚く様子もなく、グラスを持ったまま、わたしを見つめた。

「まあ、座りなさい」

怪人は、赤ワインが底に残ったグラスを、テーブルに置いた。

「ギターを弾きはじめたそうだな」

「え? ママから聞いたんですか?」

「どうだ？　調子は？」

わたしは椅子に座ったまま、何も言い出せずに、ひざの上に置いた指先を見た。

「何か話したいことがあるんだろ？」

怪人は腕組みをして、椅子にもたれて、わたしを見ている。

急に、わたしは、どうしようって迷っている自分が嫌になった。だから……、怪人の顔をまっすぐに見て言った。

「あの！　わたしにギターを教えてください」

怪人は、黙ってワイングラスを見つめている。わたしは、ドキドキしながら、返事を待った。

「わしで、いいのか？　わしはもう、じいさんだぞ」

怪人の口元が、笑っている。

「大河原さんに、教えてもらいたい。だって、わたしがギターでつながっているのは、大河原さんしかいないもの」

怪人は考えるように、しばらくうつむいてから、顔を上げた。

「いいだろう。君に、ギターを教えよう。ただし、これからわしの言うことを、三つ聞いてくれ」

怪人は椅子にきちっと座りなおすと、手をひざの上に置いた。

「まず、直也君のギターを使いなさい」

「パパの？」

「そうだ。もう君には、子供用は小さい。君は、もう五年生だ。これから弾くなら、大人用だ。わかったな」

「はい」

「二つ目は、わしが教えられなくなっても、君はもっと優れた先生について、音楽とギターを学びなさい。そして、いつか、君の想いが伝わるような演奏を、みんなに聞かせてあげなさい」

「大河原さんが、教えられなくなるって……」

「わしも、今は元気なつもりだが、いつまで教えられるかわからんだろう。君が早く上達すれば、ここで、わしと二重奏をしよう」

怪人の目が、笑った。

「はい」

怪人はうなずくと、また真剣なまなざしでわたしを見つめた。

「三つ目は、わしが死んだあとは、君がこの……、この檀上先生のギターを、奏でてくれ。いいな？」

「わたしが？」

「そうだ」

わたしは、テーブルの横に置かれた傷だらけのギターケースを見つめた。檀上先生のギターを、わたしが受け継ぐ……。檀上先生の想いを、わたしが……。

きっと、わたししかいないんだ。キュッと、気持ちが引きしまった。

「はい」

わたしは、怪人の目をまっすぐ見て答えた。怪人は、ほっとした顔でうなずくと、グラスに残った赤ワインを飲みほした。

「わたし、今……」

「今、なんだ？」

「今、聞きたい。大河原さんの演奏を」

湧き出た気持ちを、わたしは言葉にした。

「今か？」

「お待たせしました、大河原さん。コーヒーをお持ちしました」

「ああ、ありがとう」

ママが、湯気のたっているコーヒーカップを、怪人の前に置いた。

「ママ、今、大河原さんに、ギターを弾いてもらってもいいでしょ？」

「え？　ミオン、大きな声で、何を言い出すの？　ほかのお客さんもいらっしゃるのよ」

「わたしらは、是非、聞きたいですよ。なあ、おまえ」

隣の席に座っている仲の良さそうな夫婦が、顔を見合わせてうなずいている。後ろの席の若いカップルも、こちらを向いてにこにこしている。

わたしは、怪人の顔を見た。怪人は皮肉っぽくわたしをにらむと、「わかった」と低い声で言った。

ママが呼んできたマヌエルが、ステージに椅子を用意して、絵美ちゃんが、BGMを消しに行った。

怪人はコーヒーを一口飲むと、ギターケースを抱えて、ステージに上がった。ケースからギターを取り出し、組み立てた足台に左足を乗せると、右手の指で弦をはじいて、音合わせをしている。そして、ゆっくり息をはいた。

静まりかえったお店には、外の雨の音しか聞こえない。

澄んだ音色が、響き始めた。

ラグリマ……。

怪人の左手が、六本の弦を、滑らすように、押さえ替えて、右手は、ていねいに弦をはじいていく。

パパもよく、ラグリマを弾いてくれた。白髪まじりの髪の毛が、小さく揺れている。小さい頃から、この曲を聞いていると、厚くて暗い雲の間から、おひさまの光が、差し込んでくるのを想像した。

ラグリマ……スペイン語で、涙っていう意味だよ。

パパの言葉がよみがえる。

あのギターは、知っているんだ。この町で、みんながどんな涙を流したか。あのギターだって、泣き声も出せないくらいひどい目にあったのに、それでも今、澄んだ声を響かせている。

わたしたちは、みんな、ギターの小さな音に、耳を傾けていた。

……怪人は、最後の和音に一音の響きを重ね、消えていくまで見守った。そして、六本の弦の上に、そっと右手を置いた。

静まり返ったお店に、また雨の音だけが聞こえている。

みんな、この時間をかみしめるように、静かに拍手をおくり始めた。

怪人は、見たことのないやさしい目で、涙をぬぐうわたしを見ていた。


♪


「おーい、ミオーン」

梅雨の明けた土曜の午後、わたしが土手の道を歩いていると、チェロを背負った奏君が早足で追いかけてきた。

「ふう、重たい！　ミオン、今からレッスン？」

「うん」

「いいなあ、ミオンは。もう、大人用のギターを背負ってる。父さんに、ぼくも大人用のチェロを弾きたいって言ったら、おまえはまだ子供用でいい、ってさ」

奏君は、わたしの背中の紺色のギターケースを、うらやましそうに見ている。

「どう？　怪人のレッスンは」

「うーん、きびしくて、ちょっとこわいときもあるけど、やっぱり楽しい。わたしが、もっと上達したら、怪人、じゃなくて、大河原先生と、オルケスタで二重奏するんだ」

「先生？　そうか、ライオン頭の大河原先生か」

「パパとは二重奏できなかったけど、おじいちゃんの友だちと二重奏をするなんて、すごいでしょ」

「でも、怪人は、もう八十六歳だよ」

「だから早く上達するように、わたし、猛練習するの。奏君と遊ぶひまなんて、ないからね」

「なんだよ、それ」

「ねえ、今から、洋館に一緒に行く？　わたしがレッスンしてもらうところ、見る？」

「行くわけないだろ。ぼくだって、これからレッスンなんだから」

ピシャッと音をたてて、川面で魚が跳ねて光った。まだ涼しい夏の風が、桜の葉っぱを揺らしていく。

「じゃあ、わたし、こっちに行くね」

「うん。あっ、電車の音が聞こえる。急がなきゃ。じゃあね、ミオン」

チェロを背負った奏君は、ちょこちょこと走っていく。奏君の後ろ姿、少し背が伸びた気がする。

大人用のパパのギター……、ほんとうはまだ、慣れていない。でも、少しずつ、わたしの手になじんできている。

奏君が、走りながら、振り返った。

「がんばってね、ミオンー」

わたしの名前が川風にのって、夏色の空に舞い上がった。

ミオン——おじいちゃんがつけてくれた名前。
そう、わたし、この町に美しい音を響(ひび)かせるんだ。

あとがき

私がこの被爆ギターに出会ったのは、二〇〇七年のこと。すっかり修復され、きれいな音を響かせていました。

戦前、この楽器を奏でていたのは、音楽が大好きで、ギターもかなりの腕前だった井上哲夫さんです。哲夫さんが十九歳の頃、ギターを習っていた細川源三郎先生が、木工細工師の方に依頼し、哲夫さんのために作られたそうです。ふつうのギターよりひと回り小さいこの大きさからすると、十九世紀にヨーロッパで盛んに作られていた「十九世紀ギター」を手本にしたようです。

一九四五年八月六日八時十五分、原子爆弾が広島市上空でさく裂しました。爆心地から三キロ離れた哲夫さんの自宅は、爆風で屋根が吹き飛び、家は半分崩れてしまい、ケースに入っていたギターは、熱で塗装が溶け、板は反り返りました。

哲夫さんは、勤務先の南方開発金庫という国の金融機関で被爆。哲夫さんのお父さんも、勤務先の軍服を作る工場・陸軍被服支廠で被爆しましたが、二人とも無事に自宅に帰ることができました。家にいたお母さんは、爆風で飛び散った玄関のガラスが喉に刺さり、大出血をして生死をさまよったのですが、お父さんの看病のおかげで回復しました。しかし翌月、お父さんは内部被ばくで亡くなりました。怪我はなくても、大量に浴びた放射線が、からだをこわしていったのです。ギターの細川先生も、原爆で亡くなられたそうです。

お父さんを亡くした哲夫さんは、一家の父親代わりとなり、弟や妹を養うため、大好きなギターを手に取ることなく、必死に働いたそうです。

哲夫さんが再びギターを手に取ったのは、結婚し、息子の進さんが十歳になった頃です。押し入れにしまったままの被爆したギターは使い物にならないので、哲夫さんは安いギターを買ってきて弾き始めました。そして進さんや、その友達にもギターを教えるようになりました。

哲夫さんが七十六歳で亡くなったあとも、そのまま押し入れで眠っていたギターに興味を抱いたのは、進さんのギター仲間であるクラシックギター専門店の店主、故・藤井寿一さんです。藤井さんはギターを持ち帰り、何ヶ月もかけて六十二年前の元の姿によみがえらせました。『ラグリマ』を奏でると、ギターは嬉しそうに歌いだした、と語ってくれた藤井さんの言葉が忘れられません。もし藤井さんが、この被爆ギターに興味を持たなければ、ギターは今も眠り続けていたかもしれません。そして、このお話も生まれなかったでしょう。

今、この被爆ギターは、広島のギタリストによって、平和コンサートなどで演奏され、当時の音色を響かせています。

『ラグリマ』という曲は、スペインの作曲家でギター奏者のフランシスコ・タレガ（一八五二―一九〇九）の作品です。ギターの発表会やコンサートなどでよく演奏されますが、皆さんは、クラシックギターの生演奏を聞いたことがあるでしょうか。ホールで奏でられるギターの生の音は、ぴーんと張りつめた空気の中に放たれ、聞く人の心を包むように思います。是非、皆さんもクラシックギターの響きを、からだと心で感じてほしいと思います。そして機会がありましたら、広島にほんとうにある被爆ギターの声を、聞きに来ていただけると嬉しいです。

お話にでてくる宮島のギター工房は架空のものですが、取材は、山口県周南市（しゅうなんし）の阿部（あべ）ギター工房を訪ねました。ギター作りについて教えていただいた製作家の阿部康幸さん、そして被爆したギターとお父様について語ってくださった井上進さん、ありがとうございました。

創作講座で一緒に学ぶ皆さんには、様々なアドバイスを頂きました。そして、講師である児童文学作家の中澤晶子先生は、私の夢――この被爆ギターの物語をいつか本に、と書き続ける私に、ずっと励ましの言葉をかけてくださいました。深く感謝いたします。

また、広島の小さな音楽家をたくましく爽やかに描いて下さったイラストレーターのくまおり純さん、そして、今年二〇二〇年、被爆七十五年の年に、出版の機会を与えて下さった汐文社編集部長の三浦玲香さんに心からのお礼を申し上げます。

昭和二十年、広島電鉄家政女学校の一年生で十四歳だった母・笹口里子は、原爆投下わずか三日後に焼け野原を走った路面電車に乗務し、車掌を務めました。今、八十九歳の母は、私が子どもの頃から被爆体験を語ってくれました。この物語の種は、その時から私の中に撒かれていたのかもしれません。

ささぐち ともこ

ささぐちともこ
1961年、広島市生まれ。広島県立五日市高等学校、安田女子大学英米文学科卒。秋田市立中央図書館明徳館懇話会主催「第6回　子どもに贈る夢のおはなし」特選(2005年)。広島市文化財団主催「広島市民文芸　児童文学部門」二席入選(2007·2009·2011·2015·2017年)。2011年より、「子どもの物語を書く、読む」創作講座(講師　中澤晶子)参加。本書がはじめての著書である。広島市在住。

絵　**くまおり純**
1988年、京都府生まれ。書籍の装画や挿絵を中心に活躍中。画集に『ILLUSTRATION MAKING & VISUAL BOOK くまおり純』(翔泳社)がある。

カバーデザイン　小沼宏之(Gibbon)

ラグリマが聞(き)こえる
ギターよひびけ、ヒロシマの空(そら)に

2020年6月　初版第1刷発行

著　ささぐちともこ
絵　くまおり純

発行者　小安宏幸
発行所　株式会社 汐文社
東京都千代田区富士見1-6-1
富士見ビル1F　〒102-0071
電話：03-6862-5200　FAX：03-6862-5202
印　刷　新星社西川印刷株式会社
製　本　東京美術紙工協業組合

ISBN978-4-8113-2756-3